ENCANCARANUBLADO

Y

OTROS CUENTOS DE NAUFRAGIO

ANA LYDIA VEGA

ENCANCARANUBLADO
Y OTROS CUENTOS DE NAUFRAGIO

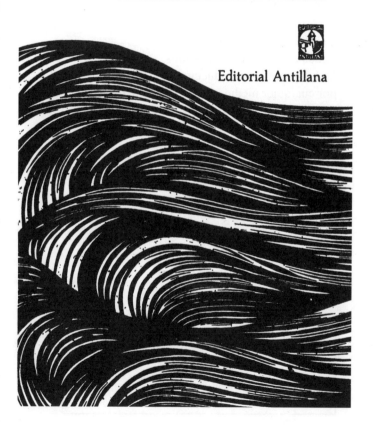

Editorial Antillana

Encancaranublado
Séptima Edición 2001
EDITORIAL CULTURAL

Editor: Francisco Vázquez
Diseño de portada: José Peláez
Foto de la autora por Robert Villanúa

ISBN:1-56758-095-5

 E-MAIL:
cultural@coqui. net

 HOME PAGE:
http://cultural2000.com

CORREO: (Mail)
PO Box 21056, Río Piedras Station
San Juan, Puerto Rico 00928

TEL. Y FAX:
(787) 765-9767

INDICE

A LA CONFEDERACION CARIBEÑA DEL FUTURO
PARA QUE LLUEVA PRONTO Y ESCAMPE

I

NUBOSIDAD VARIABLE

ENCANCARANUBLADO

ENCANCARANUBLADO

El cielo está encancaranublado.
¿Quién lo encancaranublaría?
El que lo encancaranubló
buen encancaranublador sería.

Septiembre, agitador profesional de huracanes, avisa guerra llenando los mares de erizos y aguavivas. Un vientecito sospechoso hincha la guayabera que funge de vela en la improvisada embarcación. El cielo es una conga encojonada para bembé de potencias.

Cosa mala, ese mollerudo brazo de mar que lo separa del pursuit of happiness. Los tiburones son pellizco de ñoco al lado de otros señores peligros que por allí jumean. Pero se brega. Antenor lleva dos días en la monotonía de un oleaje prolongación de nubes. Desde que salió de Haití no ha avistado siquiera un botecito de pescadores. Es como jugar al descubridor teniendo sus dudas de que la tierra es legalmente redonda. En cualquier momento se le aparece a uno el consabido precipicio de los monstruos.

Atrás quedan los mangós podridos de la diarrea y el hambre, la gritería de los macoutes, el miedo y la sequía. Acá el mareo y la amenaza de la sed cuando se agote la minúscula provisión de agua. Con todo y eso, la triste aventura marina es crucero de placer a la luz del recuerdo de la isla.

Antenor se acomoda bajo el caldero hirviente del cielo. Entre el merengue del bote y el cansancio del cuerpo se hubiera podido quedar dormido como un pueblo si no llega a ser por los gritos del dominicano. No había que saber español para entender que aquel náufrago quería pon. Antenor lo ayudó a subir como mejor pudo. Al botecito le entró con tal violencia un espíritu burlón de esos que sobrevuelan el Caribe que por poco se quedan los dos a pie. Pero por fin lograron amansarlo. — Gracias, hermanito, dijo el quisqueyano con el suspiro de alivio que conmovió a la vela.

El haitiano le pasó la cantimplora y tuvo que arrancársela casi para que no se fuera a beber toda el agua que quedaba, así, de sopetón. Tras largos intercambios de miradas, palabras mutuamente impermeables y gestos agotadores llegaron al alegre convencimiento de que Miami no podía estar muy lejos. Y cada cual contó, sin que el otro entendiera, lo que dejaba —que era poco— y lo que salía a buscar. Allí se dijo la jodienda de ser antillano, negro y pobre. Se contaron los muertos por docenas. Se repartieron maldiciones a militares, curas y civiles. Se estableció el internacionalismo del hambre y la solidaridad del sueño. Y cuando más embollados estaban Antenor y Diógenes —gracia neoclásica del dominicano— en su bilingüe ceremonia, repercutieron nuevos gritos bajo la bóveda entorunada del cielo.

El dúo alzó la vista hacia las olas y divisó la cabeza encrespada del cubano detrás del tradicional tronco de náufrago.

— Como si fuéramos pocos parió la abuela, dijo Diógenes, frunciendo el ceño. El haitiano entendió como si hubiera nacido más allá del Masacre. Otro pasajero, otra alma, otro estómago, para ser exactos.

Pero el cubano aulló con tanto gusto y con tan convincente timbre santiaguero que acabaron por facilitarle el abordaje de un caribeñísimo Que se joda ante la rumba que emprendió en el acto el bote.

No obstante la urgencia de la situación, el cubano tuvo la prudencia de preguntar:

— ¿Van pa Miami, tú?

antes de agarrar la mano indecisa del dominicano.

Volvió a encampanarse la discusión. Diógenes y Carmelo —tal era el nombre de pila del inquieto santiaguero— montaron tremendo perico. Antenor intervenía con un ocasional Mais oui o un C'est ça asaz timiducho cada vez que el furor del tono lo requería. Pero no le estaba gustando ni un poquito el monopolio cervantino en una embarcación que, destinada o no al exilio, navegaba después de todo bajo bandera haitiana.

Contrapunteado por Diógenes y respaldado por un discreto maraqueo haitiano, Carmelo contó las desventuras que lo habían alejado de las orientales playas de la Antilla Mayor.

— Oyeme, viejo, aquello era trabajo va y trabajo viene día y noche...

— Oh, pero en Santo Domingo ni trabajo había...
— Pica caña y caña pica de sol a sol, tú...
— Qué vaina, hombre. En mi país traen a los dichosos madamos pa que la piquen y a nosotros que nos coma un caballo...

El haitiano se estremeció ligeramente al roce de la palabra madamo, reservada a los suyos y pronunciada con velocidad supersónica por el quisqueyano. No dijo nada para no hacerle más cosquillas al bote, ya bastante engreído por la picadura del agua.

— Chico, ya tú ves que donde quiera se cuecen frijoles, dijo el cubano, iniciando la búsqueda de comestibles con su imprudente alusión.

Antenor tenía, en una caja de zapatos heredada de un zafacón de ricos, un poco de casabe, dos o tres mazorcas de maíz reseco, un saquito de tabaco y una canequita de ron, víveres que había reunido para el viaje con suma dificultad. Había tomado la precaución de sentarse sobre ella por aquello de que caridad contra caridad no es caridad. Pero el cubano tenía un olfato altamente desarrollado por el tráfico del mercado negro, que era su especialidad allá en Santiago, y:

— Levanta el corcho, prieto, dijo sin preámbulos, clavándole el ojo a la caja de zapatos como si fuera la mismísima Arca de la Alianza.

Antenor fingió no enterarse, aunque las intenciones del Carmelo eran claramente políglotas.

— Alza el cagadero, madamo, que te jiede a ron y a tabaco, tradujo Diógenes, olvidando súbitamente los votos de ayuda mutua contraídos, antes de la llegada del cubano, con su otra mitad insular.

Antenor siguió jugando al tonto. De algo tenía

que servir el record de analfabetismo mundial que nadie le disputaba a su país, pensó, asumiendo la actitud más despistada posible ante los reclamos de sus hermanos antillanos.

Al fin, impacientes e indignados por la resistencia pasiva de Antenor, le administraron tremendo empujón que por poco lo manda de excursión submarina fuera de su propio bote. Y se precipitaron sobre la cajita como si talmente fuera el mentado Cuerno de la Abundancia.

Almorzados el casabe y las mazorcas, los compinches reanudaron su análisis socioeconómico comparado de las naciones caribeñas. Carmelo mascaba tabaco y Diógenes empinaba el codo con la contentura del que liga los encantos de la Estatua de la Libertad bajo la desgastada túnica.

— Yo pienso meterme en negocios allá en Miami, dijo Carmelo. Tengo un primo que, de chulo humilde que era al principio, ya tiene su propio... club de citas, vaya...

— Ese es país de progreso, mi hermano, asintió el dominicano con un latigazo de tufo a la cara del haitiano.

Antenor no había dicho ni esta boca es mía desde que lo habían condenado a solitaria. Pero sus ojos eran dos muñecas negras atravesadas por inmensos alfileres.

— Allá en Cuba, prosiguió Carmelo, los clubes de citas están prohibidos, chico. No hay quien viva con tantas limitaciones.

— Pues allá en la República hay tantas putas que hasta las exportamos, ripostó Diógenes con una carcajada tan explosiva que espantó a un tiburón

17

lucido de espoleta a la sombra del bote.

— Tout Dominikenn se pit, masculló Antenor desde su pequeño Fuerte Allen. Con la suerte de que Diógenes no le prestó oreja, habitado como estaba por preocupaciones mayores.

— El problema, profundizó Carmelo, es que en Cuba las mujeres se creen iguales a los hombres y, vaya, no quieren dedicarse...

— Oh, pero eso será ahora porque antes las cubanas se las traían de a verdá, dijo su compañero, evocando los cotizados traseros cubanos de fama internacional.

A Carmelo no le había gustado nada la nostálgica alusión a la era batistiana y ya le estaba cargando el lomo la conversación del quisqueyano. Así es que le soltó de buenas a primeras:

— ¿Y qué? ¿Cómo está Santo Domingo después del temporal? Dicen los que saben que no se nota la diferencia...

Y acompañó el dudoso chiste con la carcajada que se oyó en Guantánamo.

El dominicano se puso jincho, lo cual era difícil, pero prefirió contener su cólera al fijarse en los impresionantes bíceps del pasajero cubano, que atribuyó al fatídico corte de caña.

Para disimular, buscó la cantimplora. El mar estaba jumo perdido y el bote se remeneaba más que caderas de mambó en servicio a Dambalá. La cantimplora rodó, cayendo a los inoportunos pies de Antenor. El dominicano se la disputó. Antenor forcejeó. El cubano seguía la pelea sonreído, con cierta condescendencia de adulto ante bronca de niños.

En eso, empezó a lloviznar. Entre el viento, el oleaje y el salpafuera antillano que se formó en aquel maldito bote, el tiburón recobró las esperanzas: Miami estaba más lejos que China.

El haitiano lanzó la cantimplora al agua. Mejor morir que saciarle la sed a un sarnoso dominicano. Diógenes se paró de casco, boquiabierto. Pa que se acuerde que los invadimos tres veces, pensó Antenor, enseñándole los dientes a su paisano.

— Trujillo tenía razón, mugía el quisqueyano, fajando como un toro bravo en dirección a la barriga haitiana.

El bote parecía un carrito loco de fiesta patronal. Carmelo salió por fin de su indiferencia para advertir:

— Dejen eso, caballero, ta bueno ya, que nos vamos a pique, coño...

Y a pique se fueron, tal y como lo hubiera profetizado el futuro hombre de negocios miamense. A pique y lloviendo, con truenos y viento de música de fondo y el sano entusiasmo de los tiburones.

Pero en el preciso instante en que los heroicos emigrantes estaban a punto de sucumbir a los peligros del Triángulo de Bermudas oyóse un silbato sordo, ronco y profundo cual cántico de cura en réquiem de político y:

— ¡Un barco!, gritó Carmelo, agitando la mano como macana de sádico fuera del agua.

Las tres voces náufragas se unieron en un largo, agudo y optimista alarido de auxilio.

Al cabo de un rato —y no me pregunten cómo carajo se zapatearon a los tiburones porque fue sin duda un milagro conjunto de la Altagracia, la Caridad del Cobre y las Siete Potencias Africanas— los habían rescatado y yacían, cansados pero satisfechos, en la cubierta del barco. Americano, por cierto.

El capitán, ario y apolíneo lobo de mar de sonrojadas mejillas, áureos cabellos y azulísimos ojos, se asomó para una rápida verificación de catástrofe y dijo:

— Get those niggers down there and let the spiks take care of ' em. Palabras que los incultos héroes no entendieron tan bien como nuestros bilingües lectores. Y tras de las cuales, los antillanos fueron cargados sin ternura hasta la cala del barco donde, entre cajas de madera y baúles mohosos, compartieron su primera mirada post naufragio: mixta de alivio y de susto sofrita en esperanzas ligeramente sancochadas.

Minutos después, el dominicano y el cubano tuvieron la grata experiencia de escuchar su lengua materna, algo maltratada pero siempre reconocible, cosa que hasta el haitiano celebró pues le parecía haberla estado oyendo desde su más tierna infancia y empezaba a sospechar que la oiría durante el resto de su vida. Ya iban repechando jalda arriba las comisuras de los salados labios del trio, cuando el puertorriqueño gruñó en la penumbra:

— Aquí si quieren comer tienen que meter mano y duro. Estos gringos no le dan na gratis ni a su mai.

Y sacó un brazo negro por entre las cajas para pasarles la ropa seca.

EL DIA DE LOS HECHOS

EL DIA DE LOS HECHOS

> — *Y Caín mató a Abel*
> *Y Abel mató a Caín*

Sí, señores, yo estuve allí aquel día a las tres en punto de la tarde cuando la calor de afuera era piragua al lado del infierno que jervía en aquel laundry. El vapor guindaba del plafón como papel celofán. Había más pantalones que en el ejército. Es decir, o por lo menos eso parecía: a Filemón Sagredo hijo, no le iba del todo mal en Puerto Rico. Porque los trapos sucios sobraban más acá de La Mona y en la Arzuaga de Río Piedras, entre kioscos y pensiones dominicanas, corrían el sancocho y el morir soñando talmente como en el Cibao. Si a ratos pellizcaba la nostalgia de un merengue ripiao y de un hablaicito paiticulai, siempre se podía dar un brinquito a la República pa cumplir con los viejos y echar su figureo en la plaza y hasta traer de vuelta unas cuantas alfombras de pajilla pa buceai los cuaitos y defendeise, oh.

Y así, en su Laundry Quisqueya ordeñaba la vaquita regordeta de la suerte que le había guiñado el ojo desde el día que llegó, tieso del susto, a las playas del Borinqueño Edén, un poquitico más arriba

23

de Bahía Bramadero.

Aquel desgraciao de Grullón lo había soltado bastante lejos de la costa por no arriesgar el pellejo. Y con los otros cinco ilegales, Filemón había tenido que nadarse el resto a pulmón, espantándose los tiburones con promesas a la Altagracia.

En la costa fueron otros los pejes que se le tiraron al cuerpo. Tuvo que repartir dólares mojados como bendiciones para no ir a tener a la jaula con los demás.

Propina aparte, el viajecito se le había trepado en más de quinientos dólares. Menos mal que en Puerto Rico no es pobre sino quien quiere. Porque trabajo no, es lo que hace falta, no. Ni hay que dejarle el lomo y el vivir al maldito corte de caña. Acá un ilegal se cuela donde pueda, vendiendo barquillas en una heladería china, atendiéndole las frituras a cualquier cubano desmadrao, cambiando gomas en algún garage paisano. Como quiera se pasa un temporal. Hasta que pueda enyuntarse uno con hembra boricua y arreglar con Inmigración. O prosperar en el traqueteo de la vida y negociarse la papelería por un par de cientos.

Pues, sí, señores, yo estaba allí, de cuerpo presente y vi cuando el negro grandote y tofe se le cuadró enfrente a Filemón Sagredo hijo, con su escopeta recortada al hombro y dijo:

— Felicién Apolón te manda recuerdos.

El dominicano no pudo piar ni esta boca es mía. Apenas marcó un paso de salve hacia las perchas. La descarga aplastó el grito de la mujer que en eso volvía de la trastienda. Pero me consta: antes de verle la careta a la muerte, Filemón tuvo un recuerdo largo y parido que enhebró en la misma aguja a su pai Filemón Sagredo el Viejo y al mentado Felicién Apolón.

Y no vayan a creer que aquello fue cuestión de cuartos. El difunto saldaba puntual como timbre de colegio católico. Ni cuartos ni hembras, no. Filemón era manisuelto como cualquier hijo de vecino pero no se llevaba nada más que a la que estuviera mal cuidá. El asunto era más viejo y más hondo que el hambre. Esta servidora podría contarles con lujo de detalles todo lo que sucedió hace tanticuantos años en Juana Méndez. Allí fui yo a tener —la curiosidad no se cura— el dichoso día de los hechos.

Fue durante la semana roja de no acordarse. El Benefactor había proclamado la muerte haitiana a todo lo largo del Masacre. La dominicanización de la frontera estaba en marcha. Todo dominicano que se dijera patriota y macho tenía que tumbarle la chola a alguno de esos mañeses culisucios y muertosdihambre que venían a disputarle el mangú a los auténticos hijos de Duarte.

El viernes por la noche ya no había en qué cargar los muertos. Dondequiera había carretas jartas de cadáveres y bandas de perseguidores borrachos azuzados por el olor a sangre de madamo.

Desde la oscuridad del cuarto, Felicién Apolón escuchaba los aullidos de sus compatriotas moribundos. Algunos habían nacido de este lado de la frontera, críos de haitiano emigrado con dominicana. Pero a la hora del golpe no se le preguntaba a nadie por su mai.

En la habitación vecina, Filemón Sagredo el Viejo no acababa de decidirse a denunciar al haitiano. Había ayudado al hijo a cruzar el río porque Paula se lo había pedido. Por ella solamente, por ser dominicana además de buena hembra, aunque se hubiera acuartelado con un maldito cocolo. Pero cuando Felicién pidió refugio, lo pensó dos veces para al fin murmurar un sí cagado de indecisión. El recuerdo de su padre muerto en Haití durante la ocupación yanqui era una espina en pleno galillo.

Lo habían ahorcado los cacos de Péralte, colgándolo del asta de una bandera gringa por espía y delator. Injustamente, por cierto. Lo confundieron con otro dominicano que se largo a Nueva York forrado de billetes y privando de listo. Esto para mí es bolero viejo. Yo alcancé a ver los pies de Filemón abuelo bailando su dernier carabiné en el aire haitiano. Y puedo jurar sobre la Constitución de la República que su postrer maldición fue para el madamo que asesinó a su padre durante la última invasión haitiana. En venganza del propio, claro está, atravesado por bayoneta dominicana en tiempos de Serapio Reinoso.

Filemón lo pensó tres veces antes de llamar a los verdugos que rondaban como hombres lobos. Porque sangre pesa más que agua. Y era de madrugada cuando chillaron los goznes de la puerta. Un brillo de armas filosas prendió el batey. A las seis de la mañana, Paula frotaba el piso con un cepillo para hacerle vomitar sangre de haitiano a las tablas sedientas.

Por eso, aquel día, Filemón Sagredo hijo, descendiente de tantos filemones matados y matones, estaba de cara al suelo en el Laundry Quisqueya de

Río Piedras. El mayor de sus dos hijos, parado en el umbral de la puerta, miraba fijamente sobre las cabezas de los curiosos el cauce de la calle Arzuaga por donde se había escurrido, en un Chevrolet negro, el pasado de su padre. Al volante del mentado, Felicién Apolón hijo, seguía la pista de sangre pacientemente dibujada por tantos felicienes matones y matados.

Se anda pendiente por si volviera a llover. Para cualquier novedad pueden contar conmigo. Yo lo sé casimente todo. Siempre ando por ahí el día de los hechos.

EL JUEGUITO DE LA HABANA

EL JUEGUITO DE LA HABANA

Mira que te coge el ñáñigo
del jueguito de La Habana

Luis Palés Matos

— ¿Por qué no vino Marcela, Ernesto?
— Porque está lloviendo, Mamá.

Liturgia de transistor a tono con ese insoportable
hedor a sábanas meadas una campana tañendo recuerdos de caderas ampulosas rumbo a la iglesia
un misal surcado de estampicas otra vez domingo
de san garabito en la casa de La Habana hay un
perverso aroma de jazmines la enredadera más
salvaje fue la mía flor de nunca guiñada imperceptible de celosías empolvadas Marcela no se ocupa
es cochina la negra Mamá le traga el día con sus
antojos el ajiaco de Marcela es el mejor de Cuba
a Mamá le fascinan los chocolates italianos y Varadero cuando hay poca gente es frágil de salud
cualquier mal rato la indispone tengo alma de artista tose pierde el aire se marea al instante en seguida empieza a hervir el agua espirales de vapor
sobre la inmensa olla invocación a Yemayá quejidos Marcela por favor no te demores me ahogas

el hedor a numoticina de la cataplasma colándose por las rendijas violentando pasadizos nasales cercenando cabezas de jazmines a su paso de calma de huracán anda Ernestico ve a jugar que Mamá está muy mala eh pálida bajo el mosquitero dos cauces morados por ojos un acordeón macabro reventándole el pecho jui jui del asma culebra de siete cabezas y un danzón agridulce en la memoria.

— ¿Por qué no vino Marcela, Ernesto?
— Porque está lloviendo, Mamá.

Otra vez domingo esta hora infinita como las sesiones de canasta del Country Club muérdeme Mamá con los ojos turbios de lince dientes ensangrentados brillo de aretes cobrizos esos mismos ojos que recorren las páginas de Cecilia Valdés mientras Madame Lafitte me machaca la conjugación del verbo être que no es avoir este niño promete ojalá cumpla médico como Papá eh no por favor médico no pianista vaya de todo tiene que haber en la viña del señor el parque es un continente niños corren patines trepan árboles de mangos se bañan en las fuentes sin mojarse los chalecos lavados planchaditos almidonaditos romería de criadas las mulatas santiagueras de ojos verdes esas sí que se las traen chacharean el carnaval rumba que le ronca comparsas de diablos borrachos y la estridencia del organillo el sonsonete yo vivo en el agua como el camarón los dedos de los choferes picotean nerviosos sobre los volantes de las máquinas flamantes estilo Batista tardío Marcela no se junta siempre de pie superior aparte como Mamá

la habitación en sombras y Marcela murciélago
junto a ella la perpetua letanía del asma por qué
llora mi amor no se puede quedar solita sin su Marcela ni un momentico eh

— ¿Por que no vino Marcela, Ernesto?
— Porque está lloviendo, Mamá.

Papá sombrero panamá sobre la consola del pasillo
olor del puro forcejeando con la numoticina Marcela coloca la fuente de frijoles negros sobre la mesa
Don José Martí cara flaca en el marco luz de lágrimas al combate corred bayameses el puñetazo de
Papá se oyó en Haití los frijoles se aplastaron como
inocentes contra las paredes una dos tres cuatro
patadas la puerta cerrada resistiendo el embate Mamá por tu vida Ernesto Papá el lugar de una mujer
es junto a su marido en la mesa en la misa en la
cama qué rojo está Papá verdad como cuando casti-
ga al caballo en la hacienda de Camagüey Marcela
a dormir a dormir que Papá está bravo porque es
tarde y estás despierto todavía te cuento el sueño
de la niña blanca ay sí ay sí Marcela por allá por
tiempos de los españoles la nana arrullando la niña dormitando a mediodía en el balcón en sueños
viene un negro todo brillo de dientes a entregarle
a la amita un objeto pequeño la niña se despierta
hecha lágrimas blancas desconsuelo la nana la aca-
ricia vuelve mece que mece la hamaca sube y baja
con la brisa tibia y las manos mojadas de la nana
buena desde el balcón la tarde se encapota un jinete a lo lejos detrás otra montura con un bulto tapa-
do a cuestas desmonta un negro grande vacila se

aproxima se inclina le desliza algo pequeño y frío
entre los dedos la nana rompe en gritos acuden los
esclavos es la sortija del amo en la manita blanca
la sortija del muerto que se mece en el lomo inquieto del caballo los ojos se me ablandan de sueño de cansancio de miedo yo soy la niña blanca
que sueña sortijas de difunto entre sueños la puerta
el motor del auto Papá algún enfermo gemidos de
mujeres los espejos opacos de la muerte en La Habana hay teatros donde se come carne humana a
dónde va Papá ojo al ñáñigo hambriento de la noche a dónde va Papá tan despacito se quita los zapatos Marcela a dónde a dónde

— ¿Por qué no vino Marcela, Ernesto?
— Porque está lloviendo, Mamá.

Enlutada aplastada incrustada pálida eterna Mamá
en la butaca de terciopelo dentro del negro ataúd
de segunda Papá luce como en sus mejores tiempos
traje blanco de hilo bigote gris tupé gris parisino y
yo pegado al matamoscas a Mamá fiel como un
ectoplasma los amigos desfile de fantasmas venidos
a menos los exiliados mueren sin tumba con su pañuelo de seda lila Mamá devora lágrimas pésames
gestos tuyos míos de todos sólo ella llora sólo ella
sabe llorar como se lloraba antes cuando el viento
le arrancaba el sombrero confección del Encanto
sepultura malecón abajo entre el oleaje verde como
cuando perdía un juego de canasta o porque le ca-
breaba el radio del vecino música de tribu promis-
cuidad de esas casas de urbanización puertorrique-
ñas tan monstruosas como el presentimiento de

Miami por los cristales empañados del aeropuerto sin mirar atrás olvidar olvidar estatua de sal salitre de recuerdos Miami con sus neones leones sus palmas sin alcurnia y luego Puerto Rico el perro sato del Caribe Puerto Rico después del cementerio después de la viudez tan bien llevada revalidar la vida en una isla de cemento armado estás llorando Mamá llorando como cuando no sabías ni encender la estufa y te roe la rata del pasado descuartizar el tiempo volver a la casona altiva de La Habana esta vez sin Papá sin mí sin Marcela por primera vez sola Marcela llámala llama grita hasta que la ronquera te explique su ausencia que ya no viene que ya no vendrá más nunca arrastrándose amante porque se te esfumó se fue tiró al monte vieja cimarrona vieja mambisa cuando sonó el campanazo de la libertad y los ojos de todas las marcelas subieron a la sierra y vieron bajar la vida con su barba de días crecedores ventosos Mamá me horadas el alma con los ojos Mamá es hora de irme de dejarte sola de sentarme en mi soledad de piano de volver de entregarte a la enfermera y su punzada seca de inyección calmante lengua pesada disparates correas que te atan a la espera a la falsa esperanza nubosidad del cráneo para que no te alces como perra rabiosa enterrando colmillos en brazos muslos senos nalgas como a Papá como a Marcela cuando Cuba era Cuba hasta dejarme el carapacho florecido de moretones lilas me estrangules a mí también con tu pañuelo de seda perfumado de recuerdos aceitosos Varadero

— ¿Por qué no vino Marcela, Ernesto?
— Porque está lloviendo.

PUERTO RICAN SYNDROME
O
COSAS EXTRAÑAS VEREDES

(Reportaje del maremoto que acabó
con las cuitas del status)

PUERTO RICAN SYNDROME

O

COSAS EXTRAÑAS VEREDES

(Reportaje rescatado del maremoto
que acabó con las cuitas del status)

Puerto Rico es el cadáver de una
sociedad que no ha nacido.

—Salas Quiroga

En verdad, en verdad os digo que los tiempos andan hechos revoltillo. Los apocalípticos vaticinios de la Biblia son meros cucos de campo ante la predestinación boricua a lo nunca visto. Porque, seamos sinceros: ¿quién que estuviera en sus relativamente sanos cabales hubiera podido imaginarse que a Nuestra Señora de la Providencia le daría algún día por aparecerse en la zona metropolitana? Todos conocemos su abierta predilección por los paisajes bucólicos abundantes en castas doncellas e inocentes párvulos. Cuál no sería pues el estupor de los vecinos de Caparra Terrace cuando Junior, Daisy y Mickey Colón, de ocho, nueve y diez añitos respectivamente anunciaron con trémolos de monaguillo:

— Una señora vestida de blanco, azul y rojo se nos apareció. Tenía un traje bien bonito y un velo llenito de estrellas de arriba a abajo.

— ¿Y de qué color tenía el pelo, ah? preguntó la madre con suspicaz meneo de rolos, desatendiendo un instante la fritura de hamburgers.

— Rubio.

— ¿Y los ojos? interrogó, a su vez, el padre a través de las miamis de la cocina, soltando la cortadora de grama para limpiarse el sudor de las manos en los bermudas de cuadros.

— Azules.

Aliviados por la fidelidad que guardaban las señas ofrecidas con los retratos de la Madona exhibidos por iglesias y catecismos, los conturbados progenitores reanudaron el interrogatorio.

— ¿Y a dónde fue que la vieron?

Los niños intercambiaron miradas de martirologio antes de confesar, con la seguridad de un Popular antes de 1968:

— Por televisión.

Ahí fue que a la madre se le cayó la botella de Ketchup, elevada cual cáliz escarlata, yendo ésta a tajear el dedo gordo del pie paterno que asomaba plácidamente su cabeza por la pachanga plástica.

Tras los ayes, abluciones, vendajes y carajos de rigor, el padre se sobrepuso al dolor para seguir indagando, fiel a la novelería nacional:

— Pero ¿cómo y que por televisión?

Presto recitaron los niños con perfecta coordinación de coro helénico:

— Estábamos mirando los muñequitos . . . ENTONCES... nos estábamos comiendo una caja

Family Size de Rice Crispies... ENTONCES... dijo Pacheco que para ir al cielo había que ser doctor, arquitecto o abogado... ENTONCES se oscureció la pantalla... ENTONCES apareció una señora bien linda, rubia, de ojos azules, vestida de rojo, azul y blanco y con el velo llenito de estrellas... ENTONCES...

Entonces sobrevino un minuto preñado de reflexión, luego del cual se estiró lánguidamente la voraz solitaria de la duda.

— ¿Y qué fue lo que les dijo la doña esa?

Los niños intuyeron la tamaña falta de respeto implícita en la pregunta. ¡A ellos que se habían criado en lo imposible, a ellos que habían jugado con nieve en el trópico, a ellos que cada día veían crecer un condominio como una berruga nueva sobre el lomo sarnoso de la ciudad, a ellos que podían comprar límbels con cupones, venirles con dudas cartesianas!

Indignados, se sumieron en una larga meditación metafísica de cuyas honduras no logró arrancarlos ni el aroma de los hamburgers ni la seducción helada de una lata de Coca-Cola.

Los padres aprovecharon el trance para verificar el relato llamando al Canal 4. Allí no sabían nada, no habían visto nada pero despacharon enseguida un reportero rumbo al lugar de los hechos. Por fin, el decreto patriarcal resonó entre las cuatro paredes agrietadas de la casa dúplex, sacudiendo hasta las rejas que crecían como fideíllo sobre cada orificio de la morada y:

— Hay que alertar al barrio,

dijo el padre, como si se tratara de un temporal.

La una de la tarde. Todo era paz en Caparra Terrace. Las amas de casa, hechas estatuas de grasa frente a los televisores, recibían devotamente el Evangelio de labios de Rolando Barral y Johanna Rosaly. Los maridos roncaban al unísono con el puño crispado alrededor de una lata de cerveza. Había que hacer acopio de energías para la partida de dominó que coronaría este inolvidable día de Jorge Washington en que la isla era toda una inmensa barbacoa humeante.

El chillido del teléfono taladró la armonía vespertina. Doña Jova, un sandwich cubano apuntado estratégicamente en dirección a su esófago, maldijo, caminando hacia el aparato, el día y la hora en que su útero la había traicionado.

— ¿Qué pasa ahora, nene?

chilló automáticamente, creyendo de primera intención que era su hijo Yunito, sediento de consolación materna tras la pela cotidiana administrada a su esposa. Los ojos saltones de Doña Jova, clavados en el Cristo de Mueblerías Mendoza que agitaba su mano izquierda, se iban poniendo como dos escupideras mohosas a medida que escuchaba las arrolladoras nuevas.

Minutos más tarde, la urbanización se estremecía a timbrazos. La gente abandonaba la Primera Tanda para desparramarse en el asfalto adyacente. Los niños eran asaltados a preguntas, provocados y mimados, vitoreados y vituperados, malditos y canonizados simultáneamente. Y comenzó el desfile, más concurrido que un 25 de julio en año de plebiscito.

Las sillas de rueda rompiendo récords de velocidad.

Los flebíticos pujando a todo tren, apoyados en zancos, montados en patines.

Los parkinsónicos experimentando imperceptibles remeneos de emoción.

Las matronas de urbanización frotándose eufóricas las varicosas azulosas de diez partos.

Las veteranas de los veteranos de Vietnam entreviendo el fin de una castidad forzosa.

Los marcapasos tocando a ritmo de rumba.

Las hemorroides floreciendo al vaivén de nalgas sobrealimentadas.

Los piojosos, chancrosos y golondrinosos siguiendo de lejos a la comparsa, con campanas invisibles de leproso colgadas al cuello.

De la Américo Miranda a la Avenida Central se habían filtrado las albricias y ya corrían versiones múltiples del milagro: que la Virgen se había posado sobre la antena de televisión de los Colón, que saldría el sábado en el Show de la Chacón, que todos los canales de EE. UU. lo retransmitirían en dual language... De La Riviera, Puerto Nuevo y Caparra Heights llegaban delegaciones cada vez más nutridas de corinos, tullidos, mudos, sordos, ciegos, mellados, enfermos sexuales, retardados, acomplejados, subdesarrollados, colonizados, todos con su transistor o su cassette-player a cuestas, berreándole tradicionales letanías a la aparecida:

ROSA PLASTICA
ESPEJO DE DEMOCRACIA

VITRINA DEL CARIBE
PUENTE ENTRE LAS AMERICAS
MADAMA BIONICA
ESTRELLA DE LA UNION
MADONA MARAVILLA
VEDETTE DE AMERICA

Sobornados con un viaje a Disneyworld, los niños revelaron por fin que Nuestra Señora había prometido reaparecer en un Especial de televisión cuya fecha no condescendió en fijar. Con la única condición de que los residentes de Caparra Terrace instalaran un televisor a colores de cincuenta pies en la esquina de la Gabriela Mistral para facilitar la difusión del milagro.

— ¿Qué hacer? gritaron los vecinos al recordar que el día de Jorge Washington Plaza las Américas dejaba huérfanos a sus consumidores adictos.

Pero la muchedumbre irrefrenable, exacerbada por la sed de epopeya que desde la jubilación del Vampiro de Moca no hacía sino crecer, tomó la grave resolución de interrumpir los festejos del gobernador en Jájome con el fin de exigir acción inmediata, so pena de tomar la justicia en sus propias pezuñas.

El primer ejecutivo acababa de llegar a su residencia de veraneo con un escuadrón de investigadores de la WASP University of Alabama, a quienes había previamente develado uno de los máximos logros de su administración: la estatua del Drogadicto Ecuestre, estéticamente incrustada en la autopista de San Juan al Complejo Penal de Isla de Mona. Profundamente conmovidos habían quedado los visitantes ante la jeringuilla gigante que blandía el ojeroso jinete contra el grisáceo firmamento de la autopista sembrada de centrales nucleares. Dichos señores parecían sin embargo empeñados en procrear un libro titulado: THE RISE AND FALL OF FREE ASSOCIATION. Y cuando, entre bocados de Virginia Ham a la Cherry Tree, el gobernador había casi logrado que substituyeran el vocablo "fall" por el menos trágico " decline ", uno de sus quince guardaespaldas le comunicó el portento de Caparra Terrace.

El gobernador prendió un velón mental a San Judas Tadeo para agradecerle el que no se tratara de alguno de los cincuenta sindicatos en huelga de hambre u otra falsa alarma de bomba lanzada por su hijo menor e invitó a los homenajeados a presenciar en carne viva otra de las glorias de la free association: la copulación armónica de la influencia civilizadora anglosajona con la no menos auténtica y folklórica hispanidad.

Ante la posibilidad de una publicación exótica y el consiguiente ascenso en la jerarquía de rangos universitaria de la WASP, los investigadores aceptaron jubilosos. Y como el jet privado del gobernador había estallado hacía unos días gracias al alevoso sabotaje de un grupo de nostálgicos hitlerófilos ansiosos por castigar el liberalismo imprudente del primer mandatario, se trasladaron con la celeridad que los tapones de la carretera de Caguas se lo permitieron, al lugar de la acción. Allí tuvieron el honor de compartir con Su Excelencia el aspirante a

Papa, enfrascado, por cierto, en una muy trascendental discusión con los señores de la prensa. Sostenía el prelado que los hijos de las mujeres violadas merecían el limbo por su calidad de engendros de la violencia. Los periodistas objetaban que una medida tan drástica deshauciaría del paraíso a más de la mitad de la población boricua. Interrogado sobre el telemilagro, expuso el santo varón su intención de telefonear collect al Vaticano esa misma noche, sin lo cual no podría pronunciarse al respecto. Muy bien podría tratarse de una siniestra maniobra del comunismo internacional para confundir pueblos incautos, llevándolos al menosprecio de la propiedad privada.

El clamor de los urbanizados conmovía los fundamentos prefabricados de la urbanización. Los alaridos inicales de "Ese es", "Ese es" que habían saludado la llegada del primer ejecutivo habían cedido el paso a consignas de mayor gravedad, tales como:

LA VIRGEN ME ENCANTA

LEY DE CIERRE CONTRA LIBERTAD DE CULTO

ME SIENTO ORGULLOSO DE PLAZA LAS AMERICAS

Uno de los investigadores de Alabama, quien, dicho sea de paso y sin malicia, tenía un leve aquel a Blanton Winship, distribuía como quien no quiere la cosa y medio por debajo de la mesa, sobrecillos de píldoras nucleares anticonceptivas entre la muchedumbre.

El incumbente de Fortaleza se deshidrataba como una berenjena bajo la tortura pinochética del sol. Tan sólo el recuerdo prófugo de las próximas y muy próximas elecciones y el terror de ver personarse allí al candidato de la oposición, cuya plataforma de partido era peligrosamente idéntica a la suya, le impulsaron a tomar una decisión harto arriesgada: mandar a abrir las puertas de Plaza las Américas en pleno día de Jorge Washington, para la compra con fondos públicos del televisor requerido por la Madona.

El arrojo del máximo líder del país, su incorruptible entrega al Bienestar Público, su catolicismo a prueba de fuego, fueron epopeyados por el rotativo oficial del gobierno. La gesta fue comparada a su hasta entonces más gloriosa efemérides: la reclusión de todos los independentistas del país en campos de concentración construídos sobre mátreses flotantes a cien petroleguas de Vieques.

Tan inmensa fue la popularidad del prócer, tan noble y desinteresada su acción que el Senado le perdonó aquella simpática violación de las más elementales normas democráticas que había cometido al olvidar consultar al Pentágono antes de tomar la feliz resolución.

Centenares de peregrinos pernoctaron esa noche y las siguientes en el santuario de la Gabriela Mistral. Los vecinos de Caparra Terrace no dejaban pasar ni un comercial en espera del prometido Especial de Nuestra Señora. Nadie soñaba siquiera con ir a trabajar. Día y noche permanecía el pueblo en mística hipnosis frente al aparato.

Los canales de televisión ajustaron su programación a las circunstancias, exhibiendo gastadísimas películas de Semana Santa que tenían almacenadas,

todo lo cual mantenía al público en constante sobresalto. Cada vez que aparecía Poncio Pilato envuelto en una toga romana o María Magdalena brillándole los pies a Jesucristo, chillaban las masas:
— ¡La Vilgen!
y se alborotaba el gallinero.

Las casas de efectos religiosos hicieron su agosto. No quedó estampita, escapulario o medalla de la Providencia en todo el país. Hubo que mandar a buscar los equivalentes de la Altagracia a República Dominicana para retocarlos al gusto nacional. La importación de efectos religiosos llegó inclusive a superar la de plátanos, yautías e inmigrantes ilegales provenientes de las quisqueyanas riberas.

Una semana después de la primera aparición televisada, justo cuando empezaban a proliferar los kioscos y comivetes cubanos en los alrededores del santuario, se sintieron los primeros temblores. El televisor sacro se remeneaba cual vedette epiléptica y la imagen trotaba con ausencia de recato digna de un gringo bailando su primer merengue.

La gente se arremolinó frente al aparato a los gritos de: ¡MILAGRO!

Entonces comenzaron a desplomarse descaradamente los kioscos, las casas, los edificios, los postes de la luz, las banderas. Los carros desaparecían tragados por túneles improvisados en medio de las calles. Los fieles agarraban sus rosarios antes de caer presas de un baile de San Vito general que jamaqueaba los cimientos mismos del volcán padre de estas malhadadas ínsulas.

Yo me apresuro a dar fin al insólito relato que me tocó vivir, presionada por el nivel de las aguas.

Porque, ante la sonrisa de Mona Lisa de Nuestra Madona, asomada plácidamente a la pantalla del televisor sagrado, el mar arropa la isla entera, mientras del Puerto Rican Trench surge, prieta daga vendettoide, un inmenso chorro de petróleo póstumamente redentor.

JAMAICA FAREWELL

JAMAICA FAREWELL

"Sad to say, I'm on my way,
won't be back for many a day..."

(Canción popular jamaicana)

El ron jamaicano en la cabeza. Un arrullo turístico de calypso. Picoteando grasosos patties a la sombra de las palmeras. Mesa llena en esta última sesión del Vigésimo Congreso para la Unidad Caribeña. Presentes todas las delegaciones de las Antillas Mayores menos Cuba. Todas las de las Menores menos Granada.

Una llovizna de espuma los bautizaba cada tanto. El rompeolas del hotel apuntaba su largo dedo de piedra hacia la puesta del sol: obstinadamente roja.

Estados Unidos presidía, sentado entre Puerto Rico y Jamaica. República Dominicana y Haití ocupaban extremos opuestos de la mesa. La conversación mariposeaba de Alaska a Tierra del Fuego, volviendo siempre, como dardo teledirigido, al corazón de La Habana: octava plaga, quinto jinete, temido tiburón de agua dulce.

Ya se habían hecho los brindis de rigor: al futuro de Antigua y Barbuda, a la salud de los Duvalier, a la memoria del inolvidable Somoza, al triunfo de Seaga, al regreso de Balaguer y a la irrompibilidad de la blindada Vitrinita del Caribe.

El cosquilloso tema de la emigración haitiana se toreaba con diplomática destreza. Los porcuantos proliferaban pero a la hora del portanteo, algunos delegados sentían una urgencia irrefrenable de retocarse la toilette en los servicios del lobby.

Tres veces se levantó el portavoz oficial del Departamento Ultramarino Francés de Martinica. La primera vuelta le valió una prometedora guiñada de la folklóricamente enturbantada recepcionista del hotel. A su regreso, Estados Unidos verborreaba su noble empeño de ver a los países allí reunidos encaminarse por la senda de la democracia y el bienestar económico, a cambio de algunos kilometrillos de cada uno de ellos para la instalación de discretas bases nucleares perfumadas al neutrón.

Tomó nota, probó otro pattie, lo pisó con ponche y volvió a salir. Esta vez, regateó una muñeca de trapo para la nieta del alcalde de su comuna. Le salió bastante barata, tomando en cuenta el bajón que había dado el franco bajo el régimen socialdemócrata metropolitano.

El tercer retorno fue sin lugar a dudas el más emotivo. El speaker de Puerto Rico evocaba en inglés la Confederación Antillana soñada por Betances y Hostos. Proclamaba con lágrimas en los ojos el anacronismo histórico de las aspiraciones independentistas, parafraseando el Nearer my God to Thee y asegurando que la simbiosis entre el archipiélago y su buen vecino del Norte era ya una realidad operante, contante y sonante.

La heroica intervención de la orquesta —que sacó a Raimundo y to el mundo de su asiento con un p o p u r r í de salsa, merengue y reggae— le evitó al martiniqués un lamentable arranque patriótico. Pitando "Adieu foulards, adieu madras", volvió a ocupar su silla, entre Guadalupe y Guayana Francesa.

La cuestión del rol hegemónico de alguno de los países invitados en la hipotetiquísima confederación sacudió los cimientos mismos del temperamental islaje allí presente. Haití reclamó antigüedad revolucionaria. República Dominicana esgrimió las minas de níquel. Jamaica se declaró impúdica Reina del Ganja. Y hasta Puerto Rico se atrevió a insinuar su candidatura a base de ingreso per cápita y modernidad tecnológica.

Los expertos en procedimientos parlamentarios declararon el asunto fuera de orden, lo cual favoreció un feliz salto al campo cultural. Grandes proyectos de edición y exposición, para adobo de las condiciones subjetivas, obligaron a los delegados a considerar por varias horas largas listas de profesionales del arte. Hubo momentos de alta tensión al rozarse accidentalmente el tema del olimpismo literario. Para la diversión de los representantes estadounidenses, los antillanos se dedicaron a debatir ampliamente los méritos de cada isla en el ring de las letras caribeñas. El prestigio de Césaire frente a Naipaul hizo casi que Martinica y Trinidad se fueran a las manos. Pero, por suerte, las diferencias se zanjaron con un daiquirí cortesía de Washington y un soka unitario, fruto de los afanes salvadores de la orquesta.

La luna llena ligaba, a través de la nubecilla negra que la provocaba, el jovial desarrollo de los trabajos del Vigésimo Congreso para la Unidad Caribeña. Diez horas de brindis, arduas discusiones, complicados planteamientos y conciliadores meneos habían agotado a las delegaciones. Y se pasó a la cena, con gentiles confraternizaciones extracurriculares.

Pese a las protestas de las Menores, un pacto preliminar entre las Antillas Mayores había dado a luz el menú confederado: cocktail de camarones y langosta, lechón asado, mangú, mofongo, arroz con frijoles negros y habichuelas coloradas con aguacate encebollado por el lado. Tamaña hartura que culminó en el aplazamiento definitivo de los trabajos del congreso hasta el año siguiente.

Mientras los antillanos mayores se retiraban a sus habitaciones en el Kingston Heights, los menores fueron trasladados en minibús hasta sus hoteles en la parte baja de la ciudad.

El delegado martiniqués, atleta empedernido, se quedó frente al mercado de paja, cosa de ejercitar las piernas y nalgas adormecidas por los titánicos silletazos del Congreso. Deambuló por las calles oscuras, disfrutando de la brisa fresca del noviembre jamaicano. Pensó en lo agradable de aquellas sesiones picantes, olorosas a melao de caña, sabrosonas como una tajada de corozol servida por una atractiva criada negra en la mañana, antes del baño tibio en las aguas de Trois Îlets. Por encima de las particularidades regionales, de las pequeñas diferencias irritantes —como la querella de los delegados que preferían el creol al francés— el Caribe era, en verdad, una sola patria. Negros, chinos, mulatos, indios y blancos, se amalgamaban, bajo el ala protectora del águila estrellada, en un solo ser: para juntar los pedazos, separados a golpes de historia, del viejo y siempre nuevo continente isleño. Conmovedor discurso posible para el regreso al país natal.

Mientras tales nobles pensamientos activaban las neuronas del martiniqués, su sombra, proyectada sobre las paredes de los edificios, se vio de repente acompañada por otra de contornos menos regulares. Martinica se dio vuelta, casi esperando toparse con los labios contraídos y la mirada metálica de un gendarme francés.

El rastafariano de medúsicas trenzas y haraposa apariencia lo empujó contra un muro garabateado de consignas. La cuchilla mohosa acarició nerviosamente el cuello del delegado.

— Gimme money, dijo simplemente el hombre. La mirada dijo el resto.

El martiniqués contuvo la respiración ante el cosquilleo de la navaja en plena manzana de Adán. Entonces dijo, la voz quebrada, la mirada empañada por el miedo:

— Nou fwè, we brothers, Caraïbes, Caribe, West Indies... Understand?

Una presión mayor en la yugular le cortó la inspiración.

El asaltante le estrujó la camisa de motivos africanos, puso sus pies desnudos sobre los esbeltos dedos que sobresalían de las sandalias Made in Jamaica del asaltado y dijo, con renovada urgencia:

— Shit, man, gimme money...

CONTRAPUNTO HAITIANO

CONTRAPUNTO HAITIANO

Oh, mi fino, mi melado
Duque de la Mermelada

Luis Palés Matos

LADIES AND GENTLEMEN, IN APPROXIMATE-
LY FIFTEEN MINUTES WE'LL BE LANDING AT
FRANCOIS DUVALIER AIRPORT.   AVERAGE
TEMPERATURE FOR PORT-AU-PRINCE IS 93
DEGREES FARENHEIT.

Frío. La dudú platinada tiene frío. Carne de ga-
llina. Lástima no poder calentarte. Se te ve hasta
el alma por ahí adentro. Quinta vez que se empol-
va. Esta no blanquea ni con Clorox. Otra vez la
dichosa caja. Piedras es lo que debe llevar ahí la
condenada. Te lo perdono porque me permite ro-
zarte el muslo, abusadora: Odile te trituraría. Un
solo gesto: ¡Qué mal gusto, pant suit de polyester!
Y esa peluca de puta menopáusica. Una sola mueca
de labios asqueados como ante un lagartijo. O un
eructo prófugo. Querida y bella Odile. Sola en
San Juan. Ventanales de cristal abiertos. Bronce
en piscina. Odile verde con bronce.

Sonrisa comercial a la vecina. Seducción de Brut de Fabergé. Golpe discreto con el pie a la caja. Sorbo coqueto de punch.

Odile trepaba afanosa por los espirales del Préfète Duffaut enroscado en la pared. Tragaluz abierto hacia otro mundo. Los aullidos del perro vibraban aún en la sala. Pobre Job. Lucien se había levantado furioso. Perro que aulla anuncia muerto, dijo y se precipitó hacia el balcón para silenciarlo. Pero el perro había seguido aullando a pesar de las amenazas. Y aullaba todavía cuando Lucien le pegó el puñetazo que le partió un colmillo. Corrió tembloroso a acurrucarse detrás de los helechos, gimiendo bajito y roceando el piso con sangre de la encía lastimada. Odile lo había oído regañar a Philippe por intentar consolar al animal. Luego sintió el golpe de la puerta y supo que Lucien había ido a llevar el niño a la escuela. Se levantó y puso a colar café. El aroma tomó al instante la cocina, reclamando cada rincón, levantando recuerdos plácidos de otras mañanas olorosas. Ir y venir de negras sudadas, café au lait y croissants acabaditos de hornear, ajetreo de cachas redondas, sobresalientes de perfil como signos de interrogación posesos. Dejito de créole lloroso y prolongado como los aullidos que le habían cortado el sueño. Al rato, Lucien, irritado por el tapón y el lloriqueo del niño. Ahora que me voy se dará gusto. A ése lo que le está haciendo falta es disciplina. Un buen colegio militar para enderezarlo. No, deja eso, es malo comer antes de un viaje.

ARE YOU AN AMERICAN CITIZEN, SIR?
PLEASE FILL IN THIS FORM AND KEEP IT
INSIDE YOUR PASSPORT.

Hola, Mamá. Soy yo, Lucien. No me pasó nada,
¿ves? Pude volver y no me pasó absolutamente nada. Ahora voy a cuidarte para que te pongas buena
y puedas irte conmigo a Puerto Rico. Aullidos de
Job. El sueño de anoche: niños cantando Marl-
brough s'en va-t-en-guerre miron ton ton ton mirontaine y Philippe preguntando que quién era el Ba-
rón Sandí, sombrero de copa y capa flotante y hoy
sábado para colmo de males miron ton ton ton
mirontaine. Viene por mí, Mamá, y no por ti, yo
siempre dije que quería morir antes que tú. Aleteo
de tiburones en las profundidades y los restos de
los cadáveres en las playas haitianas. Papá Legbá
me abra camino y me permita llegar sano y salvo.
Doce años. Doce largos años desde las negras ba-
ñándose desnudas en la cascada, suplicándole hijos
a Maîtresse Erzulí. Doce años desde la canadiense
toda vestida de blanco, despeinada, pelo seda: bou-
zen, ésa también anda olfateando macho. Aquella
mula tan lenta, tan testaruda, paseándose como si
con ella no fuera. Le muerdo la oreja para que
avance y la condenada echa a correr y casi me tumba. Perfume obsceno de canadienses rubias y es-
beltas: les gustan los choferes de taxi y son casi
tan bellacas como las dominicanas. Pero son todas
leche y hablan francés francés como las maestras.
En francés, Lucien, por favor, como la gente. En
Nueva York también había mujeres altas y rubias
y empleo para quien quisiera trabajar, of course,

y es tan divertido, óyeme, más divertido aún que la Cuba de Batista: un cañonazo a las diez, mi hermano, y la gente se tira a la calle como para carnaval. Casinos, burdeles, teatros donde las mujeres te enseñan hasta lo que no tienen. Pero en Central Park también se cuecen habas. Central Park: Odile, severa y fría como el primer invierno de un haitiano. Uno no sabe si te alegras de ver a uno o si sólo eres cortés como esas damas afrancesadas de Pétionville. Aurélie me trata mejor que tú y habla créole como si hubiera nacido en Jacmel. Pero tú me gustas más, en ti se puede confiar, tú no eres fácil como las demás.

Odile puso un disco y salió al balcón. A lo lejos, las luces del aeropuerto y un reflector surcando la oscuridad. Philippe baila que baila en la sala, igualito a Lucien: tancatán pacaracatán y tancatán... Retumba el carnaval haitiano y otra vez escondida tras las celosías de una casona estilo colonial. Aurélie marcando el paso, furtiva, y la abuela: Miren todo lo que les dé la gana pero no se atrevan a poner un pie afuera que la negrada anda suelta y haciendo de las suyas. Entonces viene Negro Grande envuelto en sábana blanca y sábana blanca se hincha como vela en temporal y Negro y Negra se juntan bien contentos bajo sábana y contoneo y remeneo y culipandeo. Merengue pegajoso y clarín ardiente. Chillidos y gruñidos y carcajadas y guiñadas como pellizcos de ojo y tancatán pacaracatán y tancatán... Papá violeta de rabia: sálganse de ahí seguida. Y a Nueva York contra viento y marea. Porque acá los negros andan detrás de las

64

blancas como guaraguaos. Pero un paseo, un encuentro inesperado y predestinado a la vez, unos ojos como luces de Bengala, un hombre grande, fuerte, oscuro como el árbol verdadero y Dios dispone: Lucien tiene clase, mírenlo bailando merengue con Aurélie, sonriendo luceros como para anuncios de televisión, haciéndole la corte con paciencia, con tacto, con savoir faire.

Odile sintió el hocico húmedo de Job entre las piernas y se agachó para acariciarle la cabeza.

PASSENGERS KINDLY REMAIN SEATED AND FASTEN SEATBELTS.

MESSIEURS DAMES; VEUILLEZ RETOURNER A VOS PLACES ET ATTACHER VOS CEINTURES.

¿Y si se muere tu madre? ¿Qué pasa con la casa? Alquilarla tal vez, no sé, pero Mamá no se muere, es como la Citadelle. Maximilien decía que Mamá enterraría a Papá Doc y a toda su mala raza. Maximilien, el vientre abierto como una iglesia, tendido sobre la calle frente al palacio blanco. Maximilien y las manchas de sangre roceadas con arena: Anda, Lucien, vamos a echar unos daditos esta noche. Yo no, no quiero problemas, me voy para Nueva York, mejor no juego, más vale, por si acaso... Aquel NO tan kilométrico, tan torpe que me salvó de los carros chillando gomas frente al palacio, de los militares tirando a matar, de la goma estallando, de los cristales quebrados diluviando sobre la calle, del cadáver de Maximilien tendido sobre un

65

islote de sangre frente al palacio blanco. Aquello fue un mal sueño, ¿ves, Mamá? No me pasó nada. Te dije que vendría y aquí estoy. Ahora soy ciudadano americano y no me pueden tocar ni un pelo. Doce años, mierda.

Desliz de la caja amarrada. Roce de codo con seno prensado. Seducción de aliento perfumado al ron. No, qué va, no se apure, si no hay problema. ¿Es puertorriqueña? ¿Piensa quedarse mucho tiempo en Haití?

La voz entrecortada de Daniel Santos en la solemnidad bolerística del night club. Oscuro, apretadito, una sola loseta. En mi viejo San Juan traducido al créole. Esa gente sí que supo hacer las cosas. Abonarse a la chuleta, he ahí la única subscripción segura. En Puerto Rico sí que nadie come tierra ni se mandan a matar todos los perros negros del país para liquidar a un enemigo del presidente. Y hay palmas y flamboyanes y tulipanes africanos y cielo azul y playa como allá aunque le roben a uno hasta los calzoncillos. Anuncios de neón brillando como en Nueva York. Claro que sin la cortesía Vieille France de Haití y el cine está tan caro... ¿Te has fijado que aquí bailan sin menear las caderas? ¿Qué pasa, bróder, tú no hablas español? Pues ponte en algo. Oigaaaaa, usté debe sabel mucho de vudú y todas esas cosas, veldaaaaa? Mire, señora, yo vivía en la capital, eso es cosa de campo. Ten cuidao, mano, mejol es que aflojes veinte y cierres la letrina polque tú no eres más que un prieto y yo no me quiero pa na. Para colmar la caneca, el robo del carro, un Camaro impecable, azul metálico, regalo de cumpleaños para Odile.

Mierda. El año próximo nos largamos para Sainte Croix. A Saint Thomas, a Barbados, a cualquier peñón perdido en el Caribe, todo menos este infierno, tan pronto tenga la ciudadanía americana, good-by.

El niño la llamaba, le pedía un cuento. Se fueron al cuarto y empezó a contarle Pulgarcito. Con el ogro de la historia, una comparsa de seres brotados de los bembes morados de la nana la arrastraba por callejuelas familiares, festonadas de cabezas sangrantes. Loas, guedés, hombres lobos, gatos siete veces muertos y siete veces resuscitados, formas gigantescas entrevistas en campos anochecidos, ánimas encarnadas en culebras vigilando tesoros escondidos por los colonos franceses. Odile se encogió en la cama y se sintió pequeña y desamparada como cuando llegó de Francia en el barco y vio los muelles sucios de Port au Prince por primera vez.

PLEASE REMAIN SEATED UNTIL THE PLANE HAS COME TO A COMPLETE STOP.

NOUS VOUS PRIONS DE RESTER ASSIS JUSQU'A L'ARRET TOTAL DE L'APPAREIL.

Grácil sacudida de avión. Aplausos de excursionistas puertorriqueños. Mueca de disgusto de parte de Lucien. Maletas estallando de ropa descartada para canjear por artesanía. Luego la venden en San Juan como típica del país. Madame Platino caminaba a su lado, tirándole indirectas: cómo pesa esta dichosa caja, qué cruz, qué malo es ser mujer, qué calor. Lucien abrió la boca para contestar pero, al salir a la escalera, dos negros corpulentos de gafas ahumadas, recostados contra la pared del edificio, le atragantaron las palabras de golpe. La mujer se adelantó, apretó el paso agitando las nalgas, altanera. Los pasajeros cruzaron la pista formando una fila mal definida que los haitianos se encargaron de marcar. Par ici, s'il vous plaît. Galope de sangre en las sienes. El oficial, flaco, bigotudo, muy seco, apenas le concedió una mirada a la mulata deshecha en zalamerías. La caída del pasaporte sobre la mesa resonó como una nalgada. Bruto, pensó, y levantó la vista para medir el efecto del faux pas. Un brillo de inteligencia estriaba los ojos enchufados a la larga Lista Negra. Busca, rebusca, hazte el que sabes leer, recorre el orden alfabético, no me vas a encontrar, ha pasado demasiado tiempo, doce años, doce. Trató de distraerse, agarrarse a los murales que abrasaban el blanco de las paredes. El poseído en el suelo, contorsionado como una culebra tajeada, con Dambalá de jinete, los dientes apretados en sibilancias placenteras, el houngán con el gallo alzado roceando sangre sobre el círculo blanco de vevés y los congueros plegados sobre los cueros sagrados, las mujeres pandeándose hacia adelante, a punto de quebrarse por la cintura. El oficial ojeaba el pasaporte, no se acababa de decidir. Eterna orquestación de silbidos, choques de maletas, palmadas impacientes. Venez donc, Monsieur. Ou vlé taxi? Lucien se apoyó en la mesa, a pesar suyo, y se atrevió a estacionar la mirada en las sortijas del aduanero. El librito se cerró con una gentil detonación.

— Hace mucho que no viene por acá ¿no?

Ni muy fuerte, podría ofenderse, ni muy bajo, podría creer que tengo miedo:

— Sí, señor.

El hombre le hizo señas de que siguiese camino murmurando un Bienvenido a Haití como quien dice Siga derecho y vire a la izquierda. Y luego, con una sonrisita maliciosa:

— Lo están esperando.

Tres veces tuvieron que repetirle la pregunta antes de que pudiese contestar que sólo llevaba ropa y efectos personales. Quiso abrir la maleta por exceso de legalidad pero le dijeron que no era necesario. Entonces alcanzó a ver a Albert gesticulando salvajemente para destacarse del gentío. Abriéndose paso, llegó hasta él y se abrazaron, emocionados:

— ¿No tienes más nada?

— Vengo por poco tiempo.

Se movieron hacia el Mercedes ronroneando en la curva. Lucien flotaba chiringa vertical sobre el pavimento. La tensión se le había disuelto en sudor. Avanzaba como un zombi bajo la violencia de las sensaciones. Albert no se callaba, evitando con mucho tacto toda alusión categórica al estado de la madre. Había sido fácil, facilísimo tramitar el regreso de Lucien: unos dólares por aquí, unas metáforas por acá y claro, mi reputación de intachable duvalierista. Además, Haití se modernizaba: carreteras en construcción, complejos turísticos, alfabetización lenta pero progresiva... Lucien producía sonidos desarticulados, atontado por el sonsonete de Albert, por su propia y ajena voz respondiendo con monosílabos.

— Carry bag, Mister?

— No, thank-you, dijo Albert, impaciente con una guiñada cómplice a Lucien.

— Ten cent, Mister?

Lucien se metió la mano al bolsillo. Al colocar los diez centavos en la mano pegajosa del niño, notó que la temperatura estaba efectivamente en 93 grados Farenheit.

II

PROBABILIDAD DE LLUVIA

LA ALAMBRADA

LA ALAMBRADA

Y tragaremos
seguirá la vida
pero hoy este horror es demasiado

Mario Benedetti

— a los prisioneros del Fuerte Allen —

Nadie sabía cómo. Había debido suceder de noche cuando no estábamos. Daba la impresión de haber estado ahí siempre. Simplemente nadie se había fijado. Pasan tantas cosas. No se puede estar al tanto de todo.

Estaba allí. Como una erupción sobre la espalda pelada del paisaje. De momento el espacio dividido. Eso y nosotros. Aquí y allá. Mirábamos. Habíamos perdido la costumbre de preguntar. Y además, a quién.

Llegaron poco a poco. De puñado en puñado. Hasta que no supimos ya cuántos había. Al principio veíamos pasar sus caras tristes. Sin equipaje entraban allá adentro. Algunos levantaban la mano para responder a nuestros gestos. O para protegerse del sol, quién sabe.

Mirábamos. De noche oíamos su canto aumentado por la calma del desierto. Yo tardaba en dormirme.

A menudo soñaba con ellos. Que entraban en fila india a los parajes donde los esperábamos con canastas llenas de frutas maduras. No se atrevían a acercarse. Se quedaban de pie con la cabeza baja, sin moverse. Mojábamos nuestros pies en el agua del manantial. Cantábamos suavemente para no asustarlos.

Venían por fin pero vacilantes. Sonreíamos y se sentaban no muy lejos de nosotros sobre las rocas mojadas.

De día no pensábamos en ellos. Teníamos tanto que hacer. Corrían rumores, extraños cuentos: les habían quitado la ropa, les habían prohibido hablar entre ellos, les hacían daño, les habían cambiado los nombres. No sabíamos nada. No podíamos saber nada. Inventábamos quizás. Nunca oíamos nada excepto su canto monótono en la noche. Y aún eso se confundía con el canto lejano del mar.

Lo que era seguro: continuaban llegando. La alambrada se los tragaba uno a uno y no hacíamos sino mirar.

Yo soñaba siempre. Sueños de abundancia poblados de animales de otras partes. Las ramas de los árboles de mangó crujían bajo el peso de las frutas podridas. Perros deformes se peleaban una presa imposible.

El tiempo corrió. No hice marcas en la madera

de mi cama.

Mariposas amarillas se posaron sobre el alambre de púas. Allí dejaron sus alas.

Desde hacía tiempo habíamos cesado de mirar. Habíamos terminado acostumbrándonos a esa presencia erizada en el corazón mismo de nuestro pueblo, a esa canción monocorde en el mismo sentido de la noche.

Una noche, bruscamente, el silencio reclamó lo suyo. El vacío inesperado dolía en los tímpanos. Pronto fue insoportable. Salimos.

La luna obesa roía el desierto. Una bandada de pájaros nocturnos atravesaba el aire inerte.

Velé sin palabras. Por la madrugada, el cansancio ganó. Una tregua blanca. Sin sueños.

Nadie sabía cómo. Había debido suceder de día cuando no estábamos.

El sol colgaba sobre el desierto anaranjado. Mis ojos rascaban el cielo. Canastas de frutas maduras pesaban sobre mi memoria.

Esperamos largo tiempo. No volvieron. En el suelo, los hoyos de los postes bostezaban de indiferencia.

Hubo que moverse. El estruendo de las máquinas espantó al silencio. Con el día se nos olvidó todo.

Esa noche soñé que era de día. No estaban ellos en el sueño y su ausencia quemaba. Sólo los pájaros volaban alto sobre mis ojos llenos de venas.

El calor me arrinconaba. Abrí las ventanas para

combatir la humedad de las sábanas. La noche estaba hirviente. Me puse un pantalón y caminé mucho rato bajo un cielo ciego de estrellas. Un sol pálido se arrastró lentamente entre las nubes.

Fue cuando me di vuelta para volver a casa que vi la alambrada. Erguida. Apretada. Triplicada. Alrededor de nuestro pueblo.

Mi aullido se perdió en la uniformidad del canto que subía del desierto.

CRANEO DE UNA NOCHE DE VERANO

CRANEO DE UNA NOCHE DE VERANO

Si no hay material no hay coco, no...

Lalo Rodríguez

Ustedes perdonen que les venga a bajar el up del viernes social pero se lo voy a vender como me lo pasaron a mí: calle, pa llevar. Pa que le den cabeza y metan mano si es que pueden. Porque hay que abrir el ojo, men. Si no, se lo almuerza a uno el viejo caballo mellao.

Aquella fóquin mañana hacía un calor de sauna. El sol estaba como nacío a punto e reventar. Güilson se tiró a la calle porque llevaba dos días encerrao con una nota encima, mi pana, con un tronco e tripeo jevidiuti que creía que ahí mismo lo iba a soltar la guagua e la vida. Por culpa del fóquin Yuniol que lo había embollao con guasas y lo había atosigao de ácido y de pepas hasta las tetas y que por arreglarle la cabeza y que pa que nadie tuviera que contarle.

No quería ni acordarse de lo que le había bajao por ese cráneo pabajo cuando se echó al cuerpo aquel fóquin cuarto e pastilla. Seguro que vio toítos los colores del arcoiris que le habían anunciao los broquis pero se le atravesaron también por la

81

pupila padentro otras cabronerías que no, gracias, men, ya yo almorcé, otro día...

Pa colmo e madre, le había dao con eslembarse frente al espejo del baño como si le estuvieran pasando a él solito una rica película X desas que dan en el Lorraine. Cuando rompieron a aparecérsele monstruos pa tos los gustos se le pusieron los güevos bajo cero, men. Y cuando le salió su propia careta toa blanca y flaca y arrugá —él que era tofe, prieto y todavía no había votao en unas elecciones— pa que te cuento, mano. ¿Tú sabe lo que es verse a uno mismo jincho y más plegao que un culo y tras de plegao sin dientes? Chacho, deja eso. Le dio una canillera de ocho cilindros de las que ponen a chillar a uno como lechón en víspera e Reyes.

Yuniol, que estaba asfixiao en su propia bañera de monstruos de tos los sáices, abrió la boqueta a gritar también y aquello se quería caer, pai. Si no llega a ser porque Beto el Cubiche, que no se había metío na más que un moto mongo —le da par de galletas a ca uno y les bloquea la puerta e la terraza con el sofá y las butacas, aquella gente se zampa por el balcón pabajo oldigüey como por chorrera e Disneyworld, por mi madre.

Dos días le duró aquel notón a Güilson y de allí hubiera salío pal manicomio más seguro que el Seguro Social. Pero el rocheo se le fue culeando poco a poco y a lo último hasta empezó a gufearse el espaceo y a darle pena cuando empezó a sentir el cráneo cayéndole en su pendejo sitio otra vez.

Entonces le entró una canina que no se le hubiera quitao ni con un balbiquiú e dinosaurio. Ya Yuniol y el Cubiche se habían tragao lo poco que había en la nevera y en la fóquin cocina no quedaba ni una lata e salsa e tomate. Así es que Güilson no tuvo más remedio que tirarse a la calle a capealse aunque fuera una empanadilla e coquí pa transar con las viejas tripas.

Entre el concierto e Fania que llevaba en la panza y el calor que, perdonando la insistencia, no se podía atender, Güilson estaba que daba güevo y medio por llegar al cafetín más cercano. No había tusa en la calle y eso le estuvo bien raro porque, según sus cálculos algebrinos, era sábado y Puerta e Tierra siempre estaba cundía e gente y de carros los sábados por la mañana. Y que eran como las once y media. Por el sol y el hambre se sentía que el mediodía venía pa encima como enfermito en guagua e la AMA.

El fóquin cafetín estaba cerrao. Y el restaurán del lao también. Y el sitio chino también. Y hasta el friquitín cubano, men, que no cerró ni pal entierro e Muñoz. Ahí fue que empezaron a güelerle las cosas a Puente e Martín Peña. Y el cacumen a agitársele como preso bellaco. No juegue. O se había embarcao to el mundo pa los niuyores buscando el bille o aquel arrebato era lonpléin o alguien estaba corriéndole una máquina e madre. A nadie le gusta darse cuenta de que se lo están metiendo mongo. Y menos a un tártaro de la vida como era el pana Güilson.

Un gentío de Ayatola cubría la avenida entera. Tanta era la juntilla e piojos y tan grande la asamblea e juanetes que la calle estaba como perdía. Dos posibilidades había, según Güilson, que, dicho sea de paso, tenía madera pa gente del NIC: o la Chacón en persona o estaban repartiendo algo y pallá iba él como un tiro a mojar en ese nítido guiso y a novelerear el friforol porque si pa algo era bueno él era pa mangal to lo que estuviera mal parqueao y a caballo regalao, tú sabe cómo e...

Se fue acercando —y trabajo que le costó porque aquella masa era un ejército chino, chacho. Por fin fue distinguiendo caras y colores y fueron llegándole unos olores a hotdog y a frituras que le pusieron ese tripamen a mil.

Un mítin, pensó con la boca llena de alcapurrias de jueyes de lata, mientras estiraba el viejo cuello pa ver si ligaba el color de los banderines que agitaba el gentío.

De momento le dieron tremendo empujón que le hizo escupir un aguacero de alcapurria. Se viró pa mentarle la mai al mamalón de la fóquin gracia, pero se quedó con las ganas porque la gente lo jamaqueaba palante, obligándolo —aunque a él no le estaba malo—,a repartir chinos democráticos a prójimo y prójima por igual.

Al lao suyo, una vieja jirimiqueaba sin consuelo. Güilson era medio lloroncito también y seguida sintió como un cosquilleo en las narices y un garrapateo en los ojos. Pa disimular, le preguntó a to el mundo y a nadie en particular:

— ¿Quién se murió, ah?

Nadie le contestó. To el mundo se hizo el loco y la doña seguía jirimiqueando como si con ella no fuera.

Ya Güilson estaba que no le cabía la curiosidad en el cuerpo. Hasta estaba empezando a encojonarse con la situación porque le parecía que le estaban pasando los viejos güevos por agua y él como si na. Por fin, se le acercó a un tipo blanquito y fofo, con cara de empleado de banco y con tremendo salvavidas e chichos debajo e la guayabera. Y le preguntó que cuál era la movida.

El tipo enseñó el diente de oro como pa contestarle cuando se oyó un escándalo e trompetas y tambores. Por el desentono se sabía que era la Banda e la Policía, men, tocando algo así como el himno americano en tiempo e merengue. To el mundo se calló y se aupó to el mundo en puntas pa gufealse no sé qué traqueteo en el templete que estaba montao frente a la Armería e la Guardia Nacional. Güilson pegó su brinco también pa no quedarse atrás. Estaban toítos los políticos de pie en la tarima, más orgullosos que los pai e la novia cuando el novio es médico, men. Los cocorocos penepés y los cocorocos populares, los cocorocos pipiolos y hasta los pesepés, men, tos con el brazo echao, chamaco, y riéndose las gracias y alcahueteándose como compai a compai el día del bautizo. Aquello estaba más sospechoso que la misa en latín. En eso, izaron la bandera gringa, mano, la pecosa mentá, reventando de estrellas y se vio volar por encima del templete, sola y grande, grandota como ala de águila de película e miedo. O como uno la vería si estuviera tripeando malo y sin esperanza de aterrizar. Y la de Puertorro no aparecía por to aquello ni pal disimulo. Y to el mundo más callao que en velorio e blanquito, más callao que pa boletín de temporal, más callao, bródel, que pal capítulo final de Cristina Bazán. Ahí fue que el tipo fofo de la guayabera achichoná de grasa peló el diente de oro otra vez pa soltarle a Güilson.

— Hoy se declara el Estado 51, chico. ¿Tú no lees periódicos?

Y la gente mondá e la risa, mirándolo de arriba a abajo como si fuera un marciano o un maricón. La gente gufeándose jevi a Güilson, viniéndosele de la risa en la propia cara, men.

Entonces to se le volvió a barajear. De momento la gente se le perdió. Se quedó solito frente al templete, más friquiao que boiescau en desfile e batuteras. La banderota gringa se puso a dar bandazos en el aire, cucándolo, jartándolo a galletas de viento, pullándolo en las costillas con el asta. Y las trompetas berreando el oseicanyusí a to pulmón.

Salió embalao, men, como si tuviera la Mafia, el FBI y la guardia e choque detrás, tos a la vez. Corrió pa ganarse las Olimpiadas de Moscú o por lo menos los Centroamericanos de La Habana. No se sabe cómo todavía, el que lo sepa que lo espepite por el viejo bien colectivo, pero encontró el edificio del delito y se metió en el ascensor como en lancha e guardia costanera pa náufrago de Mariel.

Las orejas le reventaban. Los ojos le ardían. Le tumbó la puerta a los panas. Quería coger aire, curarse los pulmones podríos e yerba, enfriarse las narices tapizás e perico, sacarse el fóquin ácido del sistema. Se guindó de la baranda del balcón. Las luces de San Juan le hacían guiñás a lo lejos. Cuando se vino a dar cuenta de que iba pabajo sin remedio, Yuniol lo estaba agarrando por el cuello y faltaban dos segundos pa que la bomba de tiempo que tenía setiá entre ceja y ceja le volara en mil fóquin cantos la cabeza.

DESPOJO

DESPOJO

Elena, Elena,
Elena me dijo a mí...

M. J. Canario

I

Madama cambiaba hasta de voz cuando la tomaba La Otra. Se ponía melosa y coqueta. Le brillaban los ojos. Se le rejuvenecía la cara. Se pasaba la mano por la cintura para tocarse las puntas de la melena inexistente.

La Otra no era una muerta cualquiera, no, pero Violeta no la había cogido nunca en serio. Los espiritistas dicen tantas cosas y el que más y el que menos tiene siempre detrás algún desgraciado ser haciendo de las suyas para atrasar a uno. Pero este espíritu se las traía. Ya se lo había dicho Madama el día de sus veinte años, entre sahumerios y toques de campanillas: Andate lista, nena, que esa mujer quiere acabar contigo, no te la dejes montar, muchacha, que después no hay quien te la quite de encima, mira que es de las malas...

Cinco años después, todavía la muerta no le había dado candela. Se aparecía de vez en cuando en

89

las sesiones, pidiendo mesa. Pero de ahí no pasaba. Violeta había esperado tanto ya que casi había llegado a desear el encuentro. En eso, se echó a Miguel de novio, se enamoró, dejó el trabajo y se casó.

II

Pasaron meses. Dejó de venir por acá. Al principio la extrañé porque ella era tan cumplidora. Todos los viernes a las siete, aquí caía, formal como un clavo. Era una buena muchacha. Y creyente... No daba un paso sin consultarme.

Un día se me presentó a las seis de la mañana. Yo estaba medio dormía todavía porque me había acostao a las tres de la madrugá enterrándole unas velitas en latas de galletas Keebler a Santa Marta a ver si se me daba lo del trabajo de Belencita en la Autoridad de Energía Eléctrica. Pero la recibí de lo más aquel. La buena obra no se le niega a nadie, a la hora que sea.

Estaba toa despeiná, toa mal puesta. Ella que presumía tanto y vestía como modelo de televisión, ay madre. Yo me imaginé que eran cosas del matrimonio. Le di café, me senté con ella y le pregunté que cómo le iba, que si se acostumbraba, que si le había salío bueno el muchacho. Ay, Gran Poder de Dios, de momento me cogió un escalofrío que me jamaqueó hasta los socos. Aquello parecía una calentura de malaria, no quiero ni acordarme. Ella como si na y yo luchando con aquella cosa mala que me había caído encima así de sopetón. La mesa se meneaba también, ay Virgen, y las tazas bailando a to lo que da. Se me fue la fuerza de las manos y las piernas y me quedé monga como una muñeca de trapo. Me encomendé a San Judas Tadeo pero aquello no quería irse y tampoco acababa de manifestarse pa poder buscarle la causa. Entonces Violeta me agarró una mano y me dijo que aquello era pa ella, que ella iba a cogerlo, que hacía tiempo que se le estaban sentando en la cama de noche y que ella quería saber quién era. Santo y bueno: me quedé tranquilita como si no hubiera pasao na, tan tranquilita que por poco me duermo.

III

Mamá me puso Elena por mi tía, la que mataron a puñaladas en un cañaveral por un asunto de celos. Hay que tener mucho cuidado con el nombre que se escoge para los hijos.

Yo no era bonita, aunque tampoco era fea, pero tenía algo que amarraba a los hombres. Todo el mundo en el barrio —soltero, casado, viudo o divorciado— tenía que ver conmigo. Me paseaban la calle. Me traían serenatas. Sacaban canciones con mi nombre. A mí no me impresionaban mucho esas cosas. Me divertían un poco, quizás, pero eso era todo. Ninguno de ellos me pudo sacar de casa. Hasta que llegó Manuel, con su cara de niño grande y sus costumbres de marino mercante.

Desde que me vio baldeando la sala de Mamá por las rendijas de la madera apolillada, empezó a construir para nosotros. Una casona inmensa montada en pilotes sobre una loma castigada por el viento. Cuando la tuvo hecha, me vino a buscar. Y me fui con él.

Manuel era de la calle. Yo me pasaba el día cogiendo ruedos, preparando dulces de mamey con piña, espantándole el polvo a los sillones, obedeciendo el decreto divino y brillando los barrotes de la jaula.

Un día abrí la puerta y dejé entrar un hombre. Nada cambió. Quería llevarme para otra jaula más cómoda, más soleada. Total.

Pasó lo que tenía que pasar. Manuel amoló el cuchillo y llegó una hora antes de tiempo.

IV

Se puso bien rara. Siempre andaba sonreída como si se trajera algo entre manos. Y muy distraída, muy por encima de todo.

Ya no me peleaba cuando yo le llegaba a las tantas. Ya no me escondía las llaves del portón. Ni me ponía mala cara si yo me traía a los muchachos del bar para la casa o me desaparecía por dos o tres días cuando las fiestas patronales.

Mejor hubiera sido que me saliera de atrás palante. Esa sonrisita boba me encojonaba. En cualquier gesto buscaba una agresión, algo que prendiera la mecha, que la hiciera estallar. Pero ella no daba el brazo a torcer. Siempre sonreída, con su airecito de virgen y mártir.

Yo salía con cualquier excusa. A veces me iba a andar solo hasta bien metida la noche. Quería encontrarla domida cuando volviera. Al lado suyo, en la oscuridad, me hacía lo mío y gozaba más que con una hembra.

La casa ya no brillaba como antes. El fregadero lleno de trastes, el piso asqueroso, la bañera toda manchada. Me morí de vergüenza el día que Mamá vino y vio el estado de aquella casa. Esa mujer es una puerca, me dijo, y se fue a la media hora. Violeta ni siquiera le había ofrecido café.

Por eso fue que me enredé con la otra. Yo siempre andaba por la calle.

V

Violeta tenía largas conversaciones con Elena. Era una mujer muy sabia y muy entretenida. Ya no necesitaban a Madama para poder conversar.

Al principio, Violeta no quería salir. Pero Elena insistía tanto: hay que coger la calle, hay que invadirles el terreno, no te quedes encerrada, afuera hay aire, se respira. A veces caminaban por la ciudad o cogían la guagua. Nunca fijaban el rumbo. Elena la llevaba al ritmo de sus caprichos. Así fue que Violeta conoció muchos lugares y muchos hombres. Todos se le parecían. Entró en muchos bares. Se acostó en muchas camas de hotel. Sonreía siempre. Pero nada le hacía gracia. De vez en cuando desaparecía por días enteros. Veía poco a Miguel, que tampoco estaba a menudo en casa.

Lo de la pistola fue idea de Elena. Hay que protegerse. Los hombres son impredecibles.

VI

No la volví a ver desde el día que La Otra se le metió en la cabeza. Pero consulté después con una de mis asistencias: un espíritu de luz que no hay quien le ponga un pie alante, esa santomeña bendita que no me falla ni en las cuestas, adelántamela si conviene, Santa Bárbara. Ella me contó lo de la Elena. Yo se lo había advertido: que se aguzara, que tuviera cuidado, que se diera sus baños de mar todos los domingos y se frotara la barriga con la mitad de una manzana para limpiarse de tanta mala influencia. Violeta no era fuerte. Yo quería protegerla, bendito, si su propia madre me lo había encargao en su lecho de muerte: Cuídamela, Madama, que ésta me la han querío quitar tres veces cuando la llevaba en la panza...

Pero la Elena era mala como ella sola. No iba a descansar hasta que me fastidiara a la muchacha. Esos espíritus que mueren en la violencia son así. Quieren llevarse a medio mundo por el medio. Mira, quita pallá, ahora mismo voy a darme unos pasesitos con el paño colorao.

Como había que andar con pies de plomo, preparé un bañito de eucalipto, ruda, yerba buena, menta, bicarbonato, miel de abeja, piedra alumbre y agua florida, siguiendo las instrucciones de mi guía. Pa darle cuerpo, le eché hasta una tapita de King Pine. Aquello era una bomba. Y me senté a esperar que viniera la muchacha. Tie que venil ella, por su propio pie, tie que venil della, no la buscar, no la buscar, dijo mi santomeña.

Esperé. Pero no volvió.

VII

Cuando abrieron la puerta del cuarto, estaban en la cama él y ella. Abrazaditos. Dormiditos. La cabeza de la muchacha sobre el pecho velludo de Miguel.

Violeta no veía. Sudaba. Temblaba. Elena misma le puso la pistola en la mano. La abrazó con bastante ternura. Vamos, le dijo, verás qué fácil es.

Violeta se acercó despacio. No sentía miedo. Estaba acompañada. Era otra cosa. Miguel respiraba fuerte. La cabeza de la muchacha subía y bajaba sobre su pecho.

Elena hacía gestos afirmativos con los ojos. Le aguantaba una mano. Acariciaba la pistola con sus uñas largas. Violeta se acercó para coger puntería. Levantó la pistola. Elena se la acomodó. Tenía los dedos fríos.

A segundos de halar el gatillo, Violeta tropezó con un zapato. La muchacha abrió los ojos de golpe, como las muñecas. Abrió los ojos y levantó la cabeza. Ahora, dijo Elena, dispara, a él, no la mires a ella.

Pero Violeta la miró. Se miraron largamente a los ojos. Largamente. La pistola cayó sobre la alfombra. Miguel se despertó. Violeta respiró hondo y salió corriendo. Corriendo cruzó la calle y la avenida y el barrio. Corriendo llegó hasta el parque. Se tiró en el primer banco que le cortó el camino. La brisa era fresca. Iba a lloviznar. Miró a su alrededor. Elena no estaba.

VIII

Por primera vez, me sentí bien sola.

VI

Cuando abrieron la puerta del cuarto, entró en
la _ _ y Jefe Abrantur _ Mont-Ross, _ _
_ _ _ _ _ _ _ _ _ _ _ _ _ _ _ de _ _

Vienen no voy. Sintió el problema. Elena vio
_ _ le puso la punta en la mano. La miraba con
_ _ para _ _ _ _ _ _ _ _ _ _ _ _ _ _ _ _
_ _ _ _ _ _ _ _ _ _ _ _ _ _ _ _ _ _ _ _
_ _ _ _ _ _ _ _ _ _ _ _ _ _ _ _ _ _ _
_ _ _ _ _ _ _ _ _ _ _ _ _ _ _ _ _ _ _

EL SENADOR Y LA JUSTICIA

EL SENADOR Y LA JUSTICIA

La hora siempre llega

El Senador cerró las puertas de su oficina con llave. Había sido un día agotador. El chofer lo esperaba, recostado contra una de las columnas de mármol. Le explicó que tendrían que salir por detrás para evitar un encuentro con los manifestantes.

El Senador encendió un cigarro tan pronto se acomodó en el asiento trasero del Mercedes. Abrió la puertecita del bar y se preparó el eterno martini. Pensó que no podría dar su acostumbrado paseo junto al mar gracias al espectáculo que montaban los humanitarios adversarios de la pena de muerte frente al Capitolio. Pretendían nada menos que se amnistiara a los terroristas que habían volado el edificio de la Corte Federal el pasado mes de septiembre, en conmemoración del Grito de Lares.

Sépase que el Senador había luchado arduamente por la reimplantación del castigo capital en un país acosado por el crimen. Y no es que al Senador le hiciese falta legalizar la pena de muerte para castigar a los enemigos de la Democracia. Por sus pantalones había decretado más de una ejecución porque de alguna manera había que limpiar las calles de tanta delincuencia ideológica. Pero convenía alinearse con la ley en tiempos de tanto barullo por los dichosos derechos humanos.

Su figura delgada, barba salomónica, traje gris-contaminación y tabaco de ex-hacendado cubano eran ahora símbolos vivientes de la Paz y el Orden. La reelección estaba asegurada. Había tenido que armarse de cinismo, revestir su sensibilidad de artista de una inquebrantable coraza, rechazar insultos, amenazas, chantajes. Se había plantado en treinta. Se había dado a respetar. El miedo de todos compensaba ampliamente por el amor de nadie.

El martini y los recuerdos le inyectaron la suficiente fuerza para dar contraorden al chofer: pasar en medio de los piquetes y ver los rostros pintados por la derrota, sabiendo que mañana mismo se celebraría la primera ejecución en flamante silla eléctrica traída directamente desde Washington y bendecida por un cardenal. El chofer vaciló, arguyó que no convenía, que se trataba de una temeridad insensata del Senador. El Senador le recordó quién era el Senador.

Por suerte, ya la mayor parte de los manifestantes se había dispersado. La noche prematura de diciembre caía y un barco de guerra cruzaba el horizonte con la aureola vaporosa de una goleta fantasma.

El Senador pegaba la nariz a la ventana, buscando el careo. El humo del tabaco nublaba el cristal y tal vez fue por eso que nadie lo distinguió. El carro siguió camino hacia San Juan, cortó por la calle Norzagaray y atravesó el Boulevard del Valle rumbo a la residencia del Senador. Al llegar a la entrada del Castillo del Morro, disminuyó la velocidad. El Senador, que era buen catador de hembras, había avistado a una mujer joven, alta, delgada, de pantalón negro pegado y reveladora blusa negra. Mandó a parar. Bajó el cristal y preguntó lo que había que preguntar. La mujer hizo un cuento de bicicleta robada. El Senador nunca la hubiera asociado a una vulgar bicicleta.

La mujer subió al carro. Trigueña. Ojos como aljibes, pensó el Senador, que también era poeta. Un perfume espeso se tragó el ambiente. Fuerte sin ser grosero. Al Senador le picó la nariz. No se rascó. Una dejadez le aflojó los brazos y la tensión del cuello. Había sido un día agotador.

La mujer dijo que vivía lejos. Que no quería desviarlos. Que la dejaran en la parada de guaguas. El Senador galante se negó. El chofer pidió precisiones. La mujer se inclinó para hablarle al oído. Se rieron. El Senador no supo si sonreír. El chofer lo miró por el espejo. Todo dientes.

La conversación escaseaba. El Senador puso una cassette de Wagner. El Senador creía en sí mismo, en la pena de muerte y en Wagner.

La mujer le pidió que apagara el tabaco. El Senador le preparó un martini. La mujer dijo que no bebía. El Senador se llevó el martini ajeno a los labios. La mujer lo miró al fondo de los ojos. El Senador sintió una debilidad en las piernas. La mujer le pasó un dedo por la nuca. Pegó la boca Sophia Loren a los labios finos del Senador. El Senador no pensó en su candidatura. El chofer miró por el espejo. Wagner se encampanó.

El Senador se recostó. El chofer aceleró. La mujer amarró al Senador con los ojos. Aljibe abajo cayó el Senador.

Afuera la ciudad estaba a oscuras. Apagón total. Ni estrellas. El Senador no se pudo acordar de la prolongada huelga de los trabajadores de la electricidad. El Senador no veía nada más que la luna negra de aquella mirada de pistola. El chofer preguntó.

El Senador no contestó.

La mujer dio la orden de parar. El chofer obedeció en seguida. Se abrió la puerta. La mujer bajó. El Senador no quería. Pero bajó. No se veía nada: la cueva infinita de la noche. Ay, qué poeta el Senador.

Caminaron un trecho. La mujer sosteniendo al Senador. Sus manos suaves y fuertes. El Senador suspiró. El Senador se entregó. Seguro como ante una mayoría senatorial de su partido. Ciego pero en pie. Y con un rumbo fijo.

El Senador sintió la humedad de la tierra. Se dio cuenta de que estaba descalzo. La mujer seguía sosteniéndolo. Impulsándolo. Empujándolo. Era un caminito estrecho. Objetos blandos rozaban al Senador. Un jadeo lento se hacía más acelerado. El Senador pensó que era el suyo. El Senador sintió que le olían los pies. Que le lamían los pies. Que le mordisqueaban los pies. Se aferró a la mujer como a La Madre.

El Senador se encontró con una escalera. Subió. La mujer siempre detrás. Una puerta se abrió. Entraron.

Un salón largo y estrecho. Sillas. Un escenario. Paredes cubiertas por cortinas negras. Velas encendidas por todas partes. El Senador era amante del teatro.

El temblor de las luces era contagioso. La mujer apagó las velas con los dedos una a una. El Senador se quedó solo y a oscuras. La mujer lo llevó hasta una silla como si fuera un viejo. El Senador deseó vagamente irse. Sintió una presión gentil en las costillas. Se sentó.

Sube el telón. Luz de proyector sobre pantalla amarillenta. Aparece un encapuchado. Música de Wagner. Silencio. El encapuchado se sienta. Tiene un libro abierto sobre las rodillas. Lee. Su voz es firme y potente. Pero no grita. Lee sin emoción. Pronuncia claro. El Senador conoce muy bien los nombres de la lista que lee el encapuchado. La lista es larga. A cada nombre que lee, un encapuchado toma asiento a su lado. El escenario se llena de encapuchados. Detonaciones de armas largas. La pantalla se cubre de rojo.

Todo quedó a oscuras de nuevo.

— Tengo frío, dijo el Senador con la voz como un zumbido de mosquito.

— Ahora te voy a calentar, dijo la mujer. Su perfume se hizo otra vez poderoso. El Senador no podía verle los ojos pero los sabía profundos en la oscuridad.

El Senador sintió unos labios fríos en la espalda. Una mano fría en el pecho. Un torso frío entre sus manos. Unas piernas frías sobre las suyas. Unos pies fríos sobre sus pies fríos. Se dio cuenta de que estaba desnudo.

El Senador sintió un calor hondo en el esqueleto. La silla insoportable bajo las nalgas. Un incendio en la carne. Una fogata en las vísceras. Un chisporroteo bajo las uñas. La lengua se le puso ardiente y pesada como una plancha de zinc a mediodía. La sangre hervía a grandes borbotones. Las plantas de los pies en carne viva. Las palmas de las manos despellejadas. Una peste a pelo quemado.

Y otra vez el frío. Otra vez el hielo en la espina dorsal. Entre las piernas. En las cuencas de los ojos.

El Senador era papel en los brazos fuertes que lo levantaban. La mujer le susurraba extrañas tonadas discordantes. Le pareció que un coro de voces roncas apoyaba la canción de cuna de la solista, hiriendo sus oídos de amante de Wagner.

Bajaron las escaleras. Lo depositaron sobre algo mullido como una cuna. Un bufido de incienso atravesó el aire. El Senador abrió la boca grande, grande. Las mandíbulas se le desencajaban y el grito no salía. Quiso mover los brazos pero eran de piedra.

El Senador quiso incorporarse pero la tapa del ataúd pesaba más que una derrota electoral. La tierra caía sobre el bronce como un aplauso infinito del pueblo.

Cuando empezó a faltarle el aire, cuando empezaron a sangrarle las uñas, oyó la bocina del Mercedes aullándole al silencio de la noche.

OTRA MALDAD DE PATECO

OTRA MALDAD DE PATECO

El negro José Clemente
perdidamente se enamoró
en el río de la Plata
de la mulata María Laó

—Folklore boricua

Papá Ogún, dios de la guerra
que tiene botas con betún
y cuando anda tiembla la tierra...

Luis Palés Matos

Los Montero eran dueños de un próspero ingenio azucarero. Veinticinco esclavos negros se estostuzaban de sol a sol para cebarle la panza y el bolsillo a la familia. La casona de los Montero se alzaba cada vez más alta, blanca y orgullosa por encima de las guajanas.

Pateco Patadecabro, siempre travieso y burlón, quiso jugarle una broma gorda a los Montero. Y con el sí de los dioses africanos, metió la pezuña delantera en tinta china, se la espolvoreó con harina de trigo y cantó desentonado:

Tranco y saco
Saco y tranco
Blanco y negro
Negro y blanco

— ¡Sáquenme ese monstruo de aquí! - berreó Doña Amalia Montero, palideciendo al ver lo que, tras nueve meses de malestares, pataleaba alegremente a su lado. Y se puso más blanca que Blanca Nieves cuando la comadrona le aseguró que se trataba nada menos que de su legítimo y tan esperado primogénito, el cual, por esas trampas misteriosas de la vida, había nacido con el cuerpo blanco y la cabeza negra.

Demás está decir que la infeliz madre no quiso creerlo. ¿Qué tenía que ver esta bestia bicolor con sus jinchísimas carnes, rubias melechas y azul sangre azul heredada de Castilla la Vieja? ¿Qué dirían las encopetadas damas y distinguidos caballeros criollos en el bautizo del exotiquísimo recién nacido?

La obesa rata de la duda roía incansable el corazón de Don Felipe Montero. Una noche lluviosa ordenó a Cristóbal, uno de sus esclavos, que se llevara a la comprometedora criatura y la dejara abandonada en el monte, a la merced de los elementos.

Pero Cristóbal, como suele suceder en estos casos, se apiadó del niño y le salvó la vida, dejándolo al cuidado de una curandera nombrada Mamá Ochú.

Mamá Ochú vivía en una humilde casita a orillas del río de la Plata. Allí se ocupó del crío, lo amamantó y lo vistió como pudo dentro de su pobreza. Tan pronto tuvo el niño capacidad, le dijo su guardiana:

— José Clemente te llamarás. Y de esta casa no saldrás sin mi permiso. Afuera anda suelto el mal.

Encerrado en la casucha, ignorante del mundo, José Clemente veía pasar los días sin distinguirlos de las noches. Los cuentos que le hacía Mamá Ochú —cuentos de Pateco, Calconte y la Gran Bestia, de Juan Calalú y la Princesa Moriviví— eran su única distracción.

Pero ya al niño le habían crecido tanto la curiosidad y la sed de vida que un día le preguntó —con mucho respeto— a la vieja curandera:

— ¿Por qué soy blanco y tú negra, Mamá Ochú?

Del susto, Mamá Ochú se persignó tres veces y una al revés. En la casa no había espejos y el niño, que sólo veía su cuerpo y nunca su cabeza, juraba por su blancura total. Mamá Ochú no supo cómo decirle la verdad y por no causarle pena, soltó:

— Porque así lo dispuso el Señor Todopoderoso Changó.

El niño pareció conformarse con la explicación. O se hizo. Pasó el tiempo y Mamá Ochú andaba ya creída de que el temporal había pasado, cuando dio un revirón:

— Mamá Ochú, ¿de qué color son mis ojos?

— Azulitos como el río, mintió la pobre vieja, pidiéndole perdón a Changó por semejante sacrilegio.

— ¿Y mi pelo, Mamá Ochú?

— Amarillito como el sol.

Entonces fue que a José Clemente le entraron verdaderos deseos de conocer el río, de saber el sol y de contemplarse la cabeza. Pero su guardiana le recordó que el mal andaba suelto por los campos y el pobrecito siguió fermentando fantasías en su alambique de sueños clandestinos.

Siguieron galopando los años. José Clemente era un muchacho alto y fuerte. Su curiosidad se había estirado con él. Un día que Mamá Ochú andaba porái buscando leña para el fogón, una sospechosísima ráfaga de viento abrió de sopetón la ventana. Y nacieron el mundo, el río y el sol.

Y algo más. Porque en aquel bendito instante acertó a pasar por allí, como por casualidad, una joven esclava de belleza bruja que hubiese hecho reventar de celos a Tembandumba de la Quimbamba. A bañarse en el río venía. Ya iba a quitarse la saya y el camisón cuando José Clemente, quien se había quedado lelo mirándola, preguntó sin malicia:

— ¿Eres tú la Princesa Moriviví?

Al ver aquella cabeza negra sobre aquel cuerpo blanco retratado en la ventana, María Laó —pues tal era la gracia de la belleza— se asustó tanto que echó a correr, pensando haberse topado con el mismísimo Pateco o algo aún peor.

Sin vacilar, José Clemente brincó ventana abajo y la persiguió un tramo pero, más ligera que una chiringa de marzo, la muchacha desapareció.

Enamorado luego triste, José Clemente se echó a llorar junto al río. Así fue como pudo verse por primera vez. Así también supo que no tenía ni los ojos azules ni el pelo amarillo. Y lloró aún más amargamente. Tanto lloró y tan seguido que hubo creciente en el río. Las aguas se agitaron en remolino inesperado y de entre ellas surgió, emborujado en una ola de fuego, el negro grandote y fuerte que es Ogún, con su pañuelo rojo en la cabeza y su machete luminoso a la cintura.

— No llores, José Clemente, dijo el aparecido con voz de cañón.

El muchacho cayó en cuatro patas. Mamá Ochú le había enseñado a respetar a los mayores y a las divinidades. No se atrevía ni a despegar la cabeza del suelo.

— A Ogún no le complacen las lágrimas, tronó nuevamente la visión. ¡Deja de llorar!

— ¡Ay, Papá Ogún!, gimió José Clemente. Mírame qué desdichado soy. Ayúdame a encontrar a la Princesa Moriviví.

Ogún soltó una carcajada que puso a temblar la Cordillera Central.

— Esta no es tierra de princesas, dijo, con la barriga hinchada de la risa.

— Entonces, por lo menos, devuélveme mi color, dijo el muchacho, un poco abochornado ante la burla de Ogún.

El dios se puso serio y en seguida repicó como cuero bien tendido:

— Entre los tuyos está tu color:

cuando seas uno ya no serás dos.

Y tendiéndole su machete, se esfumó por donde mismo había venido.

Pensativo quedó José Clemente. ¿Qué había querido decir Ogún? Mamá Ochú le había dicho que los dioses hablaban en jeringonza.

Se levantó y echó a andar por el campo. No sabía qué hacer ni a dónde ir. Mientras vagaba entre las hojas y los bejucos, cayó la noche. Los múcaros lo miraban con sorpresa desde los palos de mangó. Los murciélagos lo rozaban a su paso ciego.

De repente, una claridad rojiza le cerró los ojos.

Un olor a caña quemada tomó por sorpresa el aire. Ante la mirada huraña de José Clemente, se abría, como lago de fuego, la pieza de caña incendiada. Las llamas lamían golosas el cielo oscuro.

Unos aullidos desgarradores se oyeron a lo lejos. José Clemente rompió a correr hacia ellos, luchando con el humo. Al llegar al lugar de donde parecían provenir, vio la gran casona blanca devorada por el fuego. Por una de las ventanas, dos pares de brazos blancos se agitaban como abanicos salvajes. Los gritos de auxilio ensordecían.

Al mismo tiempo, otros quejidos hirieron los oídos del joven. Llegaban medio ahogados desde un miserable barracón encendido.

La indecisión se le eñangotó al frente como una lavandera malhumorada. Ayudar primero a los habitantes de la blanca casona. Ayudar primero a los del barracón. La cosa estaba más difícil que mondar lerenes. Mamá Ochú siempre decía: hacer el bien sin mirar a quién. Sólo que ahora había dos quienes para no mirar. José Clemente cerró los ojos, respiró hondo, juntó los dedos y llamó con toda su energía a Papá Ogún. El crujir socarrón del fuego silenció la invocación.

De ambas partes, salían cada vez más desesperados los socorros y las lamentaciones. Como movido por una fuerza superior, José Clemente se dirigió primero hacia el barracón. Allí, hombres y mujeres presos golpeaban las tablas con sus manos llenas de cicatrices. Allí también, María Laó halaba bravamente los grilletes de su padre para buscar salida. Un solo golpe del machete de Ogún trituró las cadenas y puso, como es propio, a todo el mundo en libertad. Enfrentando las llamas, emprendieron todos veloz carrera hacia la oscuridad. La casona blanca ardía como inmenso anafre en la noche.

Con el grupo de alegres libertos siguiéndole los pasos, José Clemente volvió a perderse en la maleza. Al amanecer —y sin proponérselo— se halló de vuelta frente a la casita de Mamá Ochú. La buena vieja aguardaba a su protegido invocando, junto al río, a Changó, Orula, Obatalá. y a cuanta divinidad se le antojó. Cuál no sería su sorpresa al ver aparecer al joven, machete en mano, seguido de su gente, con el cuerpo tan negro como la cabeza y una sonrisa cimarrona en los labios.

— ¡Alabados sean Changó y Papá Ogún, su valiente guerrero!, dijo Mamá Ochú llorando de alegría al escuchar el relato del recién llegado.

Y así fue como José Clemente recuperó el color que Pateco le había escondido para escarmentar a la familia Montero, cuya hacienda y vieja molienda consumió el fuego de Ogún.

EL TRAMO DE LA MUDA

EL TRAMO DE LA MUDA

Porque Lares no es un cuento
ni una leyenda

Iván Silén

Las Juntas tienen por objeto contribuir
activamente a la propaganda revoluciona-
ria y crear, por medio de suscripciones o
por otros medios que estén a su alcance,
los fondos necesarios a la realización de
la independencia borinqueña.

Artículo I, Capítulo II de la
Constitución Provisoria de la
Revolución Puertorriqueña,
10 de enero de 1868

El sol montaba ya a horcajadas sobre el horizonte cuando se detuvo el coche junto al paso de río.
Tampoco allí habían levantado puente las autori-
dades españolas, por lo cual el cochero se creyó en
la obligación de presentarle excusas a los pasajeros.
Tendrían que permitir que los caballos tiraran del
vehículo, lidiando como mejor pudieran con los
chinos de la corriente.

Don Federico de Angleró fue el primero en bajar. Con su casaca azul a la francesa y su bombo de pelo colgando displicente de la mano, más parecía un ex-aristócrata de Puerto Príncipe que un hacendado de estas malhadadas tierras.

Acto seguido, posó su delicada bota de satén negro en tierra, Doña Regina Méndez de Castañón, con toda la ceremonia digna de una viuda de Capitán de Milicias.

El tercer viajero, un presbítero nombrado Gumersindo Acevedo, se recogió las faldetas de la sotana para saltar con mayor holgura, yendo a caer solemnemente sentado en un bache de lodo.

Mientras sus compañeros de viaje lo asistían con abundancia de ayes, el cochero sudaba la de su vida intentando orientar las ruedas del coche por entre las piedras.

En eso, acertó a pasar por allí un hombre joven, alto, moreno y bien plantado, de fraque negro y botonadura dorada, quien tuvo la amabilidad de indicarles, a pocos metros de allí, el lugar más apropiado para vadear el río. Todo lo cual le valió el efusivo agradecimiento de la compañía.

El hombre les pidió entonces pasaje hasta la Muda de Caguas, a lo que accedieron todos de muy buen grado.

De haber caído la noche, Doña Regina no se hubiese dedicado quizás a escrutar las facciones de su salvador y no le hubiesen pasado por la mente tantos y tan malos pensamientos como le suscitaron los encrespados cabellos, la amplitud sospechosa de la nariz y el espesor de los labios de aquel hombre.

Mas la tarde prolongaba su agonía y su luz desfalleciente ponía de relieve lo tostado del rostro y lo intensamente verde de los ojos. Padre Celestial, pensó con creciente aprehensión la egregia dama, hemos recogido un mestizo, un mulato, un grifo, un saltatrás, un horro, un NEGRO en nuestro seno.

Don Federico no dejó, a su vez, de sobresaltarse y musitó una oración aplacadora de antepasados franceses. A fuerza de indulgencias tendría que hacerse perdonar este tropiezo por aquellos altivos colonos de lo que era ahora la República prieta de Haití.

Fruto sería de los amoríos de un hidalgo altinato con una mulata parejera, díjose el cura, lamentando los desmedidos apetitos criollos que tanto habían atrasado la raza castiza en el Nuevo Mundo.

No obstante, las buenas ropas del nuevo pasajero supieron hacerles olvidar, al cabo de un rato, su mala cuna. El extraño era de hablar suave y finos ademanes. Una sonrisa holgazaneaba maliciosa en sus labios, como si alguna voz interior le estuviera murmurando a cada instante cosas indiscretas y muy chuscas.

La conversación giraba en torno al tramo que faltaba por recorrer, el cual había criado, desde hacía tiempo, fama de peligroso. Hablábase de bandidos, de aparecidos, de separatistas y hasta del mismísimo demonio que rondaba los caminos a la caza de almas incautas. E inquirió Doña Regina con voz quebrada:

— Ay, Don Gumersindo, ¿y si se apareciera por aquí el Enemigo, que no miento su nombre por no conjurarlo?

— Pues nada, Doña Regina, dictó el párroco, sintiéndose elevado al púlpito, hacer la señal de la santísima cruz y encomendarnos al Todopoderoso.

Un silencio regordete se eñangotó entre los presentes. Negros nubarrones se agolpaban contra el sol. El brevísimo crepúsculo del trópico saludaba ya al sereno de la noche.

— Llegaremos a La Muda antes de las ocho, dijo Don Federico con un imperceptible cruce de los dedos.

— Si Dios quiere y la Virgen, añadió la dama como quien dice amén.

Y nadie volvió a hablar palabra hasta que el mestizo de ojos verdes, soberanamente aburrido a pesar de su perpetua sonrisa, propuso que se echasen adivinanzas para matar el tiempo.

A todos les pareció excelente la idea. Acogieron con igual beneplácito, aunque con cierta extrañeza, la condición impuesta por su autor de que se respetara el derecho al secreto y no se revelaran las respuestas a menos que fuesen descubiertas.

— Sea, convino el cura, a quien el misterio del confesionario había preparado para estas eventualidades.

La segunda condición provocó sin embargo oposición. Pues no fue del agrado de Don Gumersindo oír decir al extraño en ese tono propio de los jugadores expertos:

— Como el riesgo es el pique de la morcilla y yo no acostumbro a jugarme el todo por la nada, pido que aquel cuya adivinanza quede descifrada pague prenda al que haya dado en el clavo.

Para ilustrar sus palabras, procedió a sacarse del

120

bolsillo un medallón con la imagen belicosa de Santiago Apóstol que puso a la vista del grupo. Y como vacilaran los oyentes, esgrimiendo escrúpulos contra los juegos de azar, comentó:

— Así se juega en España.

Tras de tan contundente argumento, no hubo quien se negara.

Se inició la primera vuelta. Todos adoptaron poses de filósofos en pena por lo que le pareció al mestizo un rato interminable. Al fin, con las tinieblas invadiendo el coche, se oyó decir tímidamente a Doña Regina:

> *De noche lo tengo,*
> *de día lo pierdo*
> *y no retengo*
> *ni su recuerdo.*

A penas se hubo cerrado la rima, disparó el mulato, echando mano de su tabaquera de cristal:

— Con todo el respeto del universo, Señora mía, discrepo. Los sueños no se pierden nunca. Se posponen, se guardan, pero no se pierden.

Una franca carcajada selló la rapidez del triunfo. El aroma del tabaco encendido tomaba posesión del ambiente. Los ojos verdes horadaban insistentes la oscuridad.

— Me conformo con la sortija de rubíes que lleva usted en el meñique.

La risería se apagó abruptamente en lo que se efectuaba el traslado de propiedad. Vagamente alarmado, el cura no pudo dejar de pensar que aquello empezaba a parecerse a una ceremonia de masones.

— Usted, usted ahora, Don Gumersindo, que por algo es hombre de iglesia, dijo Don Federico, con un vigoroso codazo en las costillas del presbítero. A Don Gumersindo maldita la gracia que le hizo la ocurrencia pero por no hacer triste figura ante sus pares, declamó sin hacerse rogar y hasta con cierto lirismo:

> *Tan fecunda es esta hembra*
> *que engendros pare a montones.*
> *Ha alumbrado un hemisferio*
> *con la luz de sus varones.*

No bien habíase estremecido Doña Regina al son del vocablo parir, tan descaradamente conjugado por un miembro del clero, cuando tembló otra vez el tabaco entre los blanquísimos dientes del mestizo.

— Caramba, Padre, lamento que ese arranque de nostalgia por la Madre Patria haya de costarle el rosario de marfil que lleva usted guindado al cuello.

Y el rosario emprendió su peregrinaje hacia el bolsillo del fraque negro con botonadura dorada.

Don Federico sintió su turno llegar con poca alegría. Echando maldiciones mentales a la negra de cuyo útero había salido la mulata que dio a luz el grifo que el destino y la ineptitud del cochero les habían atragantado, tuvo un agridulce y postrer pensamiento para la cadena de oro con el emblema de la fleur de lys que pendía inocente de su bolsillo. Pero resuelto a defender herencia y linaje galos, dijo:

> *Fruto del pérsico soy,*
> *la carne pegada al hueso.*
> *Por el Atlántico voy*
> *al otro lado del queso.*

Y se acarició la panza como satisfecho de haberle tomado el pelo al propio Satanás.

— Hombre, protestó en seguida su adversario, si su Excelencia el Mariscal y Gobernador Don José Julián Pavía se entera de que echa usted adivinanzas con su nombre, lo pone como chupa de dómine de un componte en El Morro.

El perdedor sintió trincársele la yugular. Y allí se hubiera improvisado el primer duelo rodante de nuestra historia si a Doña Regina no le hubiera dado con que los humazos del tabaco le estaban produciendo vahídos.

A Don Federico, quien más que vahídos sufría los escozores de una úlcera nostálgica de Bromelium, se le metió por un ojo la mosca pertinaz de la revancha.

— Ahora le toca a usted, dijo con un toque de sorna, a ver si tan bueno es echándolas como adivinándolas.

El aludido apagó el tabaco, meditó un instante, saboreando el suspenso como catador experto, para luego soltar a quemarropas:

> *Acentuada capa rota,*
> *masculina oscuridad,*
> *quien me dijera su dueño*
> *con ella se quedará.*

— Oiga, oiga, que aquí viaja una dama, objetó el cura, picado por aquello de la masculina oscuridad.

— Descuide, Padre, descuide. Le aseguro que esto es de lo más digno que hayan escuchado jamás oídos femeninos.

Media hora por lo menos estuvieron cavilando los viajeros. Con cada salto del coche, con cada sacudida de los caballos iba creciendo su impaciencia. Por más que se devanaran los sesos no hallaban manera de dar con la clave del enigma. Lo único que pudo producir la mente rellena de novelones de Doña Regina fue la relación entre la frase capa rota y los antiguos agentes secretos de las cortes europeas. Pero ahí quedó la cosa y la masculina oscuridad seguía ensombreciendo el rostro del cura.

El campeón dormitaba casi, aletargado por el vaivén del coche, cuando lo sacó de sus ensueños la melosa voz de la viuda Castañón.

— Dénos otra oportunidad, ande, que ésta que nos ha servido usted es tamaña torta.

La segunda torta no se hizo esperar y probó ser tan o más gorda que la primera:

> *San Esteban ve lo visto,*
> *por eso apedreado es.*
> *Lo que San Sebastián viera*
> *callarlo debiera pues.*

En vano repasó el cura el historial de San Sebastián con todo y flechazos. Otra media hora transcurrió sin que nadie lograra cantar victoria. De tantos pujos intelectuales no surgió sino la prosaica asociación entre el maltrecho santo y el inevitable pepino.

124

Ya se avecinaban a La Muda, donde aguardaba el relevo de caballos que les llevaría hasta su destino. La noche estaba fresca. Don Federico tosía, sujetándose a los labios un pañuelo de hilo con las armas de los de Angleró.

El cura rompió el silencio para decir, con mordisqueo de comisuras:

— Supongo que nos dirá al menos las respuestas a tan esotéricos acertijos.

— Un pacto es un pacto, dijo el otro y añadió con voz tan queda que los demás tuvieron que acercarse, a pesar suyo, para oírle:

— Hay que saber leer la escritura en la pared.

Como el cochero hacía por contener el empuje de las bestias, el extraño solicitó la venia de la compañía para retirarse. Sin esperar contestación, les deseó buen camino. Tan pronto pudo, se escurrió por la portezuela como un celaje y fue a emparejarse con la noche.

Llegados a La Muda, la incógnita de las adivinanzas cesó abruptamente de roerle la mollera a los solemnes viajeros. El rencor acumulado durante el trayecto por concepto de las joyas perdidas dio la estocada de muerte a la curiosidad.

Un guardia civil se acercó al coche, intimándoles la orden de que bajaran para verificación de cédulas. Don Federico denunció sin demora lo que tuvo a bien definir, con la enfática aquiescencia del grupo, como estafa y desvalijamiento de gente bien a manos de un pardo saltabarrancos. Cuyas señas, claro está, se esmeró en ofrecer. Al punto salieron dos guardias armados hasta la coronilla tras las huellas del singular fugitivo.

En una fonda cenaron los tres pasajeros y el cochero, aunque huelga decir que en distintas mesas y de distintas cazuelas. De allí salieron, para frasearlo cortésmente, ahítos y pisando fuerte. La sobremesa se pospuso, a instancias del guardia civil que juzgó la hora demasiado tardía para andar a la intemperie.

Los caballos, frescos del cambio, resollaban su impaciencia. El centinela tuvo la gentileza de alumbrar a la compañía mientras se abordaba el coche. Naturalmente y como es propio de gentes civilizadas, fue Doña Regina quien trepó primero y a quien tocó el dudoso privilegio de leer, a la luz del candil, las palabras escritas en fuertes trazos de tabaco sobre una de las paredes interiores:

¡GRACIAS POR CONTRIBUIR!
CAPA PRIETO Y PORVENIR

Mensaje que resultara por cierto más complejo que las adivinanzas del mestizo, aunque todos tuvieron a un tiempo la huraña intuición de que a ellas respondía con exactitud de campanario.

Ante los avemarías de los pasajeros, el guardia metió la cabeza dentro del coche, dijo sin contemplaciones:

— Esto hiede a separatismo

y tomando nota de la destinación del coche, en seguida despachó advertencia al Capitán General.

Con un vigoroso tirón, arrancaron los caballos. Relinchando y cabreándose como ante un mar de llamas, parecían querer salir volando con el coche a cuestas. En vano tiraba el cochero de las riendas. Los caballos arreciaban como poseídos por una

126

fuerza extraña.

— Este hombre quiere que nos matemos, dijo Don Federico, golpeando con su bastón de alabastro en la ventanilla del cochero.

— Son más fuertes estas bestias que las otras, dijo Don Gumersindo, persignándose a todo vapor.

— Pues yo por mi parte, anunció Doña Regina, retocándose el moño que lucía ahora de medio ganchete, tengo prisa en llegar.

Y en esa prima noche de fines de septiembre, año de gracia 1868, ninguno se afanaba por descifrar la escritura en la pared. Ninguno estaba atento al resplandor rojizo del cielo sobre los montes.

III

ÑAPA DE VIENTOS Y TRONADAS

HISTORIA DE ARROZ CON HABICHUELAS

HISTORIA DE ARROZ CON HABICHUELAS

Oh, Familia Singular,
en dación entregada
sin el orgullo
que rompe
los nobles esfuerzos...

Lolita Lebrón

Arroz era un blanquito finudo y empolvado. Habichuelas: un mulato avispao y sabrosón. Arroz
señoriteaba solo, en eterno pritibodi, por los calde-
ros de la Fonda Feliz, echándoselas de su perfil ga-
llego y su jinchura de Ateneo. Habichuelas sonea-
ba alegremente en su salsa con Jamón y Tocino,
Ajo y Cebolla, Pimiento y Calabaza, los seis panitas
fuertes de gufeo y bembé.

Tan distintos eran Arroz y Habichuelas que, a
pesar de todos los esfuerzos de la cocinera Ña Jesusa, no se podían ver ni en pintura. Arroz temblaba
de asco pensando en que una sola gota colorada de
la salsa de Habichuelas manchara la castiza blancura de sus granos. Habichuelas temblaba de furia
pensando en que el presentao de Arroz fuera a pi-
sarle la suculenta salsa de su combo guasón.

La enemistad de Arroz y Habichuelas era tan grande y tan gorda que se la pasaban espiándose, criticándose entre sí, mofándose y gozando de lo lindo cuando la mala suerte se le venía encima al otro como una recaída de vulgar sarampión. Para Arroz —o Don Arroz, como exigía que se le llamara en la cocina— el malo de la película era siempre Habichuelas. Y a menudo se le oía decir que no había mejor olor que el olor a habichuelas quemadas. Habichuelas por su parte, rodaba estufa abajo de la risa cuando le llegaban noticias de que Don Arroz, con todo y sus guilles de Madre Patria, se le había amogollado en la olla a Ña Jesusa como un puré de papas cualquiera.

¡Qué batalla la de Arroz y Habichuelas! Toda la cocina estaba enterada del lío y no había alimento que no participara del llevitrae de comivete de la Fonda Feliz. La verdad es que Arroz no tenía muchos amigos. Como era tan echón, sólo se codeaba con Don Pollo y con ciertos mariscos que toleraba, a pesar de sus olores, cuando se iba de paella una vez al mes. Habichuelas, sin embargo, nunca andaba solo. Todo el mundo quería mojar en esa salsa que reunía lo mejor de la alacena en su rítmico espesor.

Ña Jesusa tenía otra cabeza. Y a la hora de preparar el especial del día no respetaba ni santos ni ideologías. ¡Cuánto sufrían los rabiosos rivales cuando la cocinera echaba en la losa fría del plato llano una nevada montaña de brillosísimo Arroz junto a la charca salpicada de Habichuelas enfogonás! Se hacían frente como dos ejércitos de superpotencias peleándose el mundo, calándose uno a otro de arriba a abajo con desconfianza cien por ciento jíbara. Arroz cerraba los ojos y apretaba los granos con todas las fuerzas de su rancio abolengo, por aquello de guardar las distancias y evitar el roce. Habichuelas no movía ni un solo dedo para recoger los acordes danzarines de su salsa y la dejaba que corriera y corriera hasta hacerle cosquillas a los granitos más atrevidos de Arroz. Pero hasta ahí llegaba la cosa. Porque Arroz y Habichuelas nunca se daban por vencidos y hasta el último momento se mantenían más separados que los niños y las niñas en un fildei. Sólo el tenedor irrespetuoso de los trabajadores que almorzaban en la Fonda Feliz juntaba a los querellantes, sin cuentos ni miramientos, en un mismo y reñido bocado mortal.

Así se batía el cobre en la fonda que de feliz no tenía más que el nombre: Arroz y Habichuelas buscando siempre bulla y sin esperanza de reconciliación.

Pasó el tiempo, como siempre pasa en los cuentos, y no sé decirles exactamente cuánto, pero los que conocen bien la historia de Arroz y de Habichuelas dicen que fueron casi cuatro largos siglos. Y un día nublado, igualito a los otros —porque en las cocinas de las fondas no se sabe de sol— llegó un coso feo y raro en manos de Ña Jesusa y toda la alacena se alborotó. El recién llegado era largo y flaco como La Pelona. Colorao, pero no del colorao saludable y atractivo de Habichuelas, sino de un colorao jinchote como carne viva después de una quemadura. Novelería aparte, nadie había visto nunca coso igual. Con los ojos como palanganas, todo el mundo lo miraba fijamente. Aquello parecía el

Ajún del Diablo, Drácula, Hulk, Frankenstein, King Kong, la Muerte en Bicicleta y el mismísimo Cuco, todo a la vez. ¡Cuál no sería la sorpresa de Arroz, que no le quitaba el ojo de encima por presentir no sé qué peligro para su trono de cheche culinario, cuando vio al intruso instalarse dentro del congelador de la nevera, rancho aparte y casa quiere, así sin más ni más!

— Ese no se conforma con la alacena como cualquier hijo de vecino, dijo Habichuelas a sus salseros con un chin de desprecio en la voz.

— Apartamento con aire acondicionado ni más ni menos, añadió Cebolla, con tanta acidez que le aguó los ojos a todos los que escuchaban.

Pronto se vio que el extraño estaba hecho en la cocina. Ña Jesusa lo añoñaba como a un bebé. A cada rato, abría el congelador para sacarlo a pasear. Lo metía en un aparato muy raro en cuyo interior daban vueltas un montón de pullas. Lo rescataba luego para acostarlo sobre un pedazo de pan, abierto de par en par como un culero. Lo bañaba entonces en una mezcla de líquidos amarillos y rojos y lo arropaba con cebolla frita y algo que tenía un lejano parecido de familia con la col.

Por la pobre Cebolla, que tenía que servirle de frisa al nuevo alimento, se enteraron los demás de lo que sucedía en el comedor de la fonda, después de tantos y tan especiales preparativos. Los clientes recibían con entusiasmo al intruso recostado como un emperador romano sobre un platillo plástico, y se lo pasaban como clásico amarillo en boca de viejo con el efervescente acompañamiento de una bebida color gracia de vaca que todos parecían preferir al maví. Pero lo que dejó patidifusos y boquiabiertos a todos los habitantes de la cocina fue el saber que la antigua Fonda Feliz se llamaba ahora y que el Japi Jordó, nombre que aparecía pintado descaradamente en las servilletas de papel que llenaban el zafacón.

¡Qué despelote cundió por aquella cocina! Arroz y Habichuelas ponían caras de mangó verde cada vez que salía un platillo plástico con su carga cafretona y estrambótica. Al principio, llovieron los chismes:

— Ave María, qué cosa más fea. Parece un pionono reventao que le han vaciao encima una dita e sofrito.

— Un deo machucao con un esparadrapo mal puesto es lo que parece el místel ese.

— O un chorizo revejío maquillao con talco, a lo Cucaracha Martina acomplejá.

— Al que se eche eso al cuerpo le darán por lo menos retortijones.

Pero el bochinche no podía tapar el menú con la mano y la verdad era que el místel, con todo y lo feo que era, estaba acabando en el Japi Jordó. Y que cada vez menos gente pedía Arroz con Habichuelas.

Ante esa triste situación, hubo reunión en la alacena. Calabaza, por ser la más grande y pamplona de la casa, puso las cartas sobre la mesa y los puntos sobre las íes, al decir:

— Si no nos alistamos, el Jordó se nos queda con to y nos pudrimos de aburrimiento en esta cocina, señores.

— ¿Qué se puede hacer? dijo Pimiento, todavía

137

verde de envidia, aunque el desempleo le había pintado unas manchitas blancas sobre el lomo.

Arroz y Habichuelas se miraron de reojo pero en seguida viraron la cara, recordando que estaban tradicionalmente enchismaos.

Esa noche, nadie pegó el ojo. La suerte estaba echada. Era el zafacón o la mesa. La sazón criolla estaba en issue.

Al día siguiente, Ña Jesusa vino a despertarlos. Chiripa a la vista: alguien había pedido arroz con habichuelas.

Toda la cocina se alebrestó. Arroz se lució, en su empeño por quedar mejor que nunca. No se amogolló. Ni se pegó. Granosito y brilloso, se arrellanaba en el caldero como en bicicleta nueva. Habichuelas, por su parte, dirigió su combo del sabor como para Festival Casals: Calabaza se la comió con la conga; Pimiento le dio duro a los bongós; Cebolla se lució con el timbal; Jamón agitó las maracas con maestría. Campanas de pascua sacó Tocino del cencerro y Ajo desplegó sus dientes como piano de cola. La cosa es que aquella salsa sabía a gloria, que se le subía a cualquiera por los pies hasta las tripas, aceitándole la maquinaria entera al boricua más renegao.

Llegó el momento de servir. Ña Jesusa echó su montaña nevada de Arroz parao junto a su charca salpicada de Habichuelas enfogonás, salvando distancias y categorías, como en los viejos tiempos. Arroz y Habichuelas se miraron a lo perro y gato. Y empezó el baile de bomba. Arroz apretando, huyendo, defendiendo su pureza. Habichuelas cucando, haciendo aguajes, pegándole vellones a su archienemigo. Pero siempre de lejitos: se toca con los ojos y se mira con las manos y Dios libre y no juegue y zape pallá.

En eso, regresó Ña Jesusa y les soltó nada menos que al místel mentao, larguirucho, flacote y color callo encangrinao, en el mismo plato en que se debatían los rivales.

Por cortesía, Arroz y Habichuelas aguantaron hasta que Ña Jesusa colocó el plato frente al cliente que lo había pedido. Pero tan pronto desapareció la cocinera aquello fue Jayuya.

Olvidando el asco más de cuatro veces centenario que los separaba, venciendo el miedo más de cuatro veces centenario que los mantenía en su sitio, reuniendo la fuerza más de cuatro veces centenaria que llevaban por dentro, Arroz y Habichuelas se juntaron: grano con salsa y salsa con grano, gordo con flaco, flaco con gordo, rojo con blanco, blanco con rojo, y de un tremendísimo empujón, pusieron a volar al místico místel, echándolo definitivamente fuera del plato. ¡Y qué placer, qué alegría la de revolcarse juntos dando vueltas de carnero, jugando y bailoteando, riendo y periqueando y festejando su triunfo, abrazaditos como dos hermanos!

Como Jordó había caído al suelo, cubriéndose de polvo y de alas de cucaracha, el cliente, muerto de asco, mandó que se lo llevaran y no quiso ni por nada del mundo que le trajeran otro. Por fin, le metió mano a la maravillosa mixta que ante sus propios ojos se había mezclado. En criollo casorio. En mestizo mejunge. En jaiba juntilla. En puertorriqueñísimo pacto para la victoria.

Y así fue como Arroz y Habichuelas se desenchismaron. Desde entonces no se sueltan ni en las cuestas y siempre los vemos enguaretaditos como buenos amigos porque, después de tanto tiempo y tanto cuento, llegaron al consenso sin plebiscito.

Esa noche en la cocina hubo jolgorio. Al compás del combo de Habichuelas y tras un solo sonero de Arroz, cantaron todos en coro:

Uno más uno son dos
y dos vale más que uno.
Sin Amor no hay solución:
uno sin uno es ninguno.

Con una alegría tan profunda y tan contagiosa que yo también me puse a cantar.

NOTA

Ana Lydia Vega *nació en Santurce, Puerto Rico, en 1946. Profesora de francés en la Universidad de Puerto Rico, es autora de una tesis titulada:* **El mito del rey Christophe en el teatro antillano y afroamericano** *y co-autora (con Villanua, Lugo y Hernández) de un manual de francés para hispanohablantes:* **Le français vécu.**

Vírgenes y **mártires,** *libro que recoge cuentos suyos y de Carmen Lugo Filippi, ha contado con una entusiasta acogida por parte del público puertorriqueño. Su segundo libro —***Encancaranublado y otros cuentos de naufragio***— que fue premiado en la categoría cuento del Certamen Casa de las Américas 1982, transforma la materia prima ofrecida por la historia de las sociedades caribeñas en relatos anunciadores del Gran Temporal. En ésta, la segunda edición de* **Encancaranublado,** *se incluye una "Ñapa de vientos y tronadas" con un cuento que no aparece en la edición original.*

Cuadernos de Jacinto Colón

Cuadernos de Jacinto Colón ofrece a los lectores las mejores voces de la narrativa puertorriqueña contemporánea; los cuentos y novelas que perpetúan y ahondan la agresiva y siempre renovada tradición de nuestra literatura de ficción.

Cuadernos de Jacinto Colón es el pasado reverente que se abre en un joven proyecto literario cargado de futuro y de irreverencia.

CUADERNOS DE JACINTO COLON
colección de joven narrativa puertorriqueña

Esta edición de
Encancaranublado
se terminó de imprimir
en los talleres gráficos de
Panamericana Formas e Impresos S.A.
Bogotá, D.C. - Colombia
en julio de 2001

Esta edición consta de 2.000 ejemplares.
a la rústica.